회귀자 사용설명서

WISHBOOKS FANTASY STORY

회귀자
사용설명서 4

흙수저 판타지 장편소설

초판 1쇄 찍은 날 | 2018년 5월 11일
초판 1쇄 펴낸 날 | 2018년 5월 18일

지은이 | 흙수저
펴낸이 | 예경원

기획 | 위시북스
편집책임 | 이규재
편집 | 이즈플러스

펴낸곳 | 예원북스
등록번호 | 제396-2012-000132호
등록일자 | 2012. 7. 25
KFN | 제1-255호

주소 | 경기도 고양시 일산동구 호수로 646-24 위너스21 II 빌딩 206A호 (우)10401
전화 | 031-819-9431 팩스 | 031-817-9432
E-mail | yewonbooks@naver.com

ISBN 979-11-6098-939-7 04810
　　　979-11-6098-877-2 (set)

회귀자
사용설명서

4

흙수저 판타지 장편소설
WISHBOOKS FANTASY STORY

Wish Books

회귀자
사용설명서

CONTENTS

16장
세 번째 직업

회귀자의 신뢰를 받는다는 건 물론 행복한 일이다.

그렇지만 이런 종류의 신뢰는 아무래도 마음에 들지 않았다. 나를 어느 정도로 평가하는지는 알 수 없지만, 조금 과장하면 나는 아직 김현성의 따뜻한 관심과 사랑이 필요한 시기에 있는 어린아이다.

특히나 이런 성장 방향에 대해서는 더욱더 그렇다.

물론 전직과 능력치를 올리는 게 뭐가 문제냐고 물으면 마땅히 대답할 거리가 없지만 이 정도의 과대평가는 영 적응이 되지 않았다.

'조금은 불신해라, 이 새끼야.'

그동안 혼자서도 잘한다는 이미지를 심어주기는 했지만 이번 사태는 마음에 안 든다.

그럼에도 김현성이 이런 결정을 내린 것은 충분히 이해할
수 있었다.

'이번 원정은 실패로 끝날 가능성이 클 겁니다.'

기존의 파티원들이 내가 주는 심리적 안정감 덕에 사냥을
편히 해왔다는 말을 조금은 인정하기 때문이다.

"저, 저도 가지 않을 거예요. 가기 싫어요. 절대로 안가요."

"……."

문제는 정하얀이었다.

원정 날짜가 다가올수록 여러 가지 변명을 들며 가지 않겠
다고 고집을 부렸다.

말이 나왔던 첫날에는 김현성이 요구한 목표를 이루기 위
해 움직였다. 준비하는 얼마 안 되는 시간 동안 전직을 하거
나 능력치를 달성한다면 원정을 떠나지 않아도 된다고 생각
한 것이다.

물론 정하얀이 목표치에 다다른다고 한들 원정을 떠나는
것은 이미 확정된 사실이었지만, 그걸 빌미로 어떻게 비벼볼
생각이었을 거다.

'당연하지만.'

전설급 재능을 가진 정하얀도 단기간 내에 눈에 띄는 성과
를 보여주는 것은 불가능했다. 물론 시간이 짧았던 것을 감안

10 회귀자
사용설명서 4

하면 성장 수치가 경악할 만했지만 목표치에는 다다르지 못했던 것. 결국 정하얀은 무척이나 불안정한 모습을 보여주곤 했는데, 그 상태가 마치 시한부 환자가 죽음을 인정하기까지의 단계와 굉장히 흡사했다.

부정, 분노, 타협, 우울, 수용으로 이루어지는 다섯 단계 말이다.

첫 번째 단계가 찾아오기까지 그렇게 오랜 시간이 걸리지 않았다. 한 달 동안 떨어져야 한다는 사실 자체를 부정하기 시작한 것이다.

'설마 정말로 그렇게 될 리가 없어'라든가 '농담이 분명해'라고 중얼거리기 시작했다. 그렇게 떨어지는 상황을 받아들이지 못하는 것처럼 보였다.

열심히 짐을 챙기는 박덕구나 선희영을 마치 다른 사람 보는 것처럼 거리를 두었고, 그때의 회의가 없기라도 했던 것처럼 행동했다.

그렇지만 시간이 지나고 원정일이 다가올수록 현실을 직시하기 시작. 그 후에 찾아온 단계가 바로 분노였다.

'……'

갑작스레 원정 스케줄을 만들어 버린 김현성을 미워하게 된 것이다. 다행이라면 다행이지만 살의를 품지는 않았다. 그래도 생사를 함께한 동료라는 의식은 있는 모양이다.

방 안에서 혼자 소리를 지르는 시간이 많아졌고 실제로 굉장히 신경질적인 모습을 보여주었다. 나를 제외하고 최약체라고 할 수 있는 김예리에게 분노를 보내는 것도 잊지 않았다.

이런 원정을 떠나게 된 나름의 이유를 찾는 것이다.

궁수 꼬맹이가 부족하기 때문에 이런 숙제를 받았다고 생각하는 것 같지만 직접적으로 김예리에게 신경질을 내거나 소리를 지르지는 않았다.

정하얀은 순수했으니까.

대신이라고 하기에는 뭐하지만 어딘가를 향해 바보라든가 멍청이라든가 귀여운 욕을 쏟아내곤 했다.

박덕구 오피셜에 따르면 박덕구에게 다가가 김예리의 대한 뒷담화를 한 적이 있단다. 정하얀의 인성을 생각해 보면 전혀 어울리지 않는 행동이었다.

그 다음 단계에 들어갔을 때는 말이 무척이나 많아졌다.

'타협?'

마치 나로 빙의라도 한 것처럼 여러 조건을 제시하기 시작한 것이다.

'정말로 열심히 할 수 있어요. 원정에 가지 않고 여기 있는 걸로도 능력치를 더 많이 올릴 수 있고, 더 열심히 할 수도 있어요. 그러니까. 그러니까 제발요. 흐으윽.'

'그러면 일주일만 함께 가는 게 어떨까요? 그게 더 효과가

좋을 거예요.'

'오빠도 함께 출발하되 현성 씨처럼 지켜보는 게 제일 좋은 방법인 것 같아요.'

여러 방법을 쏟아내기 시작했다.

그 목표와 수치가 제법 구체적이었기 때문에 실제로 이곳에 남는 게 더 효과적인 것은 아닐까 생각해 볼 정도.

사냥을 떠났을 때와 이곳에 남아 있을 때의 능력치 변화에 대한 통계적인 분석을 내놓았을 때는 솔직히 혀를 찰 수밖에 없었다.

물론 김현성에게도 여러 조건을 제시한 것으로 알고 있다. 박덕구와 선희영에게도 마찬가지다. 정식으로 항의해야 한다고 이상한 선동을 했지만 결과적으로는 정하얀의 행동들은 박덕구가 결심을 하게 된 계기가 되었다.

단순한 추측에 불과했지만 아마 박덕구도 타협 단계에 들어가 있었던 것은 아닌가 하는 생각도 들었다. 실제로 나에게 찾아온 적도 있었으니까.

정하얀을 보고 자신의 모습을 되돌아 본 것이다.

사실 가장 힘들었던 것은 다음 단계인 우울이었다.

'우울……'

눈에 띄게 살이 빠지기 시작했고 눈물로 밤을 지새우는 일이 많아졌다. 본인의 몸 상태를 인지했는지 아프다고 말하며

갈 수 없겠다고 종종 말해오기도 했고 마치 중증 우울증 환자가 된 것처럼 보일 정도였다.

멍하니 하늘을 보는 일이 많아졌고.

'정말 싫어요. 정말로.'

혼자 중얼거리는 주기도 짧아졌다.

정하얀뿐만이 아니라 나도 함께 힘들었던 시기다. 그녀를 어르고 달래는 시간이 많아진 것이다. 물론 보상에 대해서 언급한다든가, 그동안 밀린 보상을 한 번에 해주는 방식으로 그녀를 진정시키기는 했지만 한 달 이상을 떨어져 있어야 한다는 사실은 그 모든 행복한 시간을 날려 버릴 정도로 충격적이었던 것 같았다.

물론 정하얀도 내가 위로해 주는 상황을 즐기기는 했지만 결과적으로는 우울한 감정이 더 커진 것 같다. 함께 있는 시간이 달콤할수록 떨어져 있을 시간을 두려워하게 되는 것이다.

결국에는 스킨십을 하는 동안에도 눈물을 쏟아내는 것으로 네 번째 단계가 마무리됐다.

가장 큰 문제는 마지막 단계인 수용이 완벽하게 이루어지지 않았다는 것.

앞선 네 단계를 전부 눈으로 지켜봐왔기 때문에 마지막은 결국 수용하는 것이 아닐까 생각했지만 안타깝게도 정하얀은 이별에 초탈한 상태가 되지는 않았다.

억지수용이라고 하는 것이 맞으리라.

끝까지 현실을 부정했고 심지어는 가기 전날까지 믿으려하지 않았다. 울고불고 했지만 효과가 있을 리가 만무.

그렇지만 파티의 결정이기도 했고 내가 내린 결정이기도 했다. 정하얀의 입장에서는 따를 수밖에 없었을 것이다.

간단하게 말하자면 부정, 분노, 타협, 우울, 억지수용의 단계로 한 달간의 헤어짐을 준비한 것.

만약에 1년 이상 혹은 평생 보지 않는다고 했을 때의 그 파장이 어떻게 올지 상상할 수 없었다. 나를 만나며 이상한 성향을 가지게 된 것과는 별개로 그녀는 헤어짐에 익숙하지 않다.

아마 언니들을 포함한 가족에게 버림받은 뒤 오랜 기간 혼자 생활했던 것이 저런 성격을 만들어내는 데 일조했을 거라고 생각했다.

아무튼 정하얀이 저런 모습을 보이는 것과는 별개로 시간은 계속해서 흘러 원정 날짜는 계속해서 다가오고 있었다.

솔직히 원정 준비가 잘 되었을 리가 없다.

정하얀은 자기 멘탈을 지키는 것도 힘들어 보였고 이해는되지 않지만 박덕구 역시 상태가 조금 이상했으니까.

선희영 같은 경우에는 그저 담담하게 이후의 일을 생각하고 있는 거 같았지만 한동안 봉사를 가지 못했던 걸로 스트레스가 조금 쌓인 것처럼 보였다.

솔직히 김예리는 뭘 생각하는지 모르겠다.

나를 제외한 파티원의 원정 준비를 바라보는 일은 솔직히 무척 힘들었다. 당연하지만 버림받을까 봐 불안해진 것은 아니었다. '이렇게 개판이었나?'라는 생각이 들었기 때문.

물론 뭔가 이상한 박덕구와 정하양 그리고 원정이 익숙하지 않은 선희영. 거기에 꼬맹이까지. 준비가 미흡할 거라고 생각했지만 이 정도일 거라고는 상상도 못 했다. 앞서 말했던 것처럼 김현성 역시 이런 과정에서 손을 놓아버리자 뭘 어떻게 해야 하는 건지 길을 잃어버린 것이다.

내가 걱정하는 것도 무리가 아니었다.

"정말로 저 상태로 출발할 겁니까?"

"네. 아무것도 도와주지 않는 게 맞습니다. 저희 파티원들은 명령 받는 것에 무척이나 익숙해져 있습니다. 아마 기영 씨도 느끼고 계실 겁니다."

"네."

"원정 중에 깨닫는 게 있을 겁니다."

"……."

"그동안 심리적으로 편한 상태에 있었기에 그러지 못한 상황에서 문제가 드러날 겁니다. 지금과 같이요. 사냥 중에는 더 두드러지게 나타나겠지만…… 덕구 씨나 희영 씨는 틀림없이 그 성장치가 높습니다. 하양 씨는 두말할 것도 없지만 솔직히 모두가 문제가 없다고는 할 수 없습니다. 물론 저와 기영 씨가 함께 다니면 사고는 없을 테지만 만약에 둘 다 없는 상황을 가정했을 때에는……."

지금과 같은 상황이 벌어질 것이다.

김현성이 무슨 말을 하는지 이해할 수 있었다.

단순히 사냥 같은 요인만이 아니다. 김현성 파티의 지휘체계 자체에도 문제가 있다고 생각하는 것이 분명하다. 파티의 리더인 김현성이 있고 차선으로는 내가 있다지만 우리 파티에는 그 뒤가 없다.

선희영이든 정하얀이든 박덕구든 누구 하나가 나서서 방향을 찾는다면 준비하는 과정이 수월해지는 것은 당연지사.

그러나 누구 하나 제대로 된 질문이나 답을 찾는 사람이 없다.

이렇게 하면 되겠지.

이 정도면 충분하겠지.

안일하게 생각하고 있을 것이 틀림없다. 이 원정은 훈련을 하는 것과 동시에 집단 내에서 우리의 차선책을 찾는 과정이라고 해도 과언이 아니리라.

'잘될까?'

솔직히 조금은 회의적으로 본다.

지금 같은 모습을 보인다면 그렇게 생각할 수밖에 없다.

한 달이나 되는 원정을 준비한다고 하기에는 소비 물품이 턱없이 부족했고 개인이 필요한 장비나 도구도 제대로 챙기지 않은 것처럼 보인다. 극단적으로 예를 들자면 어린아이들끼리 여행을 준비하는 느낌.

김예리가 챙긴 것이라고는 화살과 활이 전부.

정하얀은 멀리 나가는 의미를 아예 모르는지 나와의 추억이 깃든 물건을 챙기기에 여념이 없었다.

'이게…….'

막장도 이런 막장이 없다.

우리 파티에게 투자를 했던 많은 길드나 집단이 지금 이 꼴을 본다면 당장 투자금을 회수하기 위해 발버둥 치리라.

"아무리 그래도 기본적인 건 준비하고……."

"정말 기본적인 것은 어느 정도 챙겨놨습니다. 그나마 덕구 씨나 희영 씨가 준비한 것도 있으니까요. 저도 불안한 건 똑같습니다만 이렇게 하는 게 맞습니다. 피부로 직접 느껴야 합니다."

"그렇군요."

"그럼 출발하도록 하겠습니다."

"네……."

김현성과 함께 밖으로 나가자 나와 녀석을 기다리고 있는 파티원들이 시야에 들어왔다.

나름대로 큰 가방을 들고 있지만 전부 쓸데없는 물건이라
는 사실은 이미 알고 있다. 원정 준비를 완벽히 마친 줄 알고
있는 박덕구를 바라보니 한숨이 절로 나올 지경.

　답답한 내 심정을 아는지 모르는지 한 명씩 말을 걸어온다.

　"너무 걱정하지 마쇼, 형님. 뭐, 한 달이나 걸리지도 않을
거요!"

　한 달 이상이 걸릴 가능성이 충분하다 못해 넘친다.

　"제가 없는 동안 잘 부탁드려요, 기영 씨. 아무래도 봉사활
동을 가지 못하는 게 마음에 걸려서……."

　밖으로 나간 지 한 달도 지나지 않아 봉사활동을 받아야 될
처지가 될지도 모른다고 생각했다.

　"오빠. 오빠아……."

　눈물을 머금고 이쪽에 푹 안기는 정하얀을 봐도 가슴이 찡
해지지 않을 지경.

　"그동안 몸 조심히 계셔야 해요. 그, 그리고……."

　"응. 걱정하지 마, 하얀아."

　너희가 더 걱정되니까.

　혹시라도 원정을 나가 있을 동안 내가 다른 사람을 만나지
는 않을까 걱정하는 것 같지만 일단은 이별의 아픔이 더 큰
모양.

　출발하자는 김현성의 목소리가 들려와 살짝 정하얀을 밀어

내려는데 도무지 떨어질 생각을 하지 않는다. 힘으로 어떻게든 붙들고 있는 모습. 결국에는 툭 떨어지기는 했지만 눈물과 콧물로 범벅이 되어 있는 얼굴을 보는 게 쉽지 않다.

"그럼 다녀오겠습니다."

"거, 걱정하지 마쇼."

'고행.'

이번 원정은 김현성과 함께하는 버스 여행이 아니다.

장담컨대 그 어떤 수도승이 걸었던 길보다 더욱 고통에 찬 고행길이 될 거라고 확신한다.

'같이 안 간 게 다행일 수도 있어.'

반 정도는 진심이었다.

항상 북적거리던 길드 하우스의 2층이 묘하게 조용하니 어색하다.

'정이 들었나 보네.'

파티원들이 떠난 지 불과 몇 시간이 흘렀을 뿐인데 이런 감정을 느끼리라고는 상상도 못 했다.

물론 '없으니 외롭다' 정도의 수준. 단순히 환경이 바뀌었기 때문에 나오는 반응이리라.

오히려 조금은 즐거운 느낌도 있다. 그동안 묘하게 불편한 점이 있다는 것도 부정할 수 없는 사실이긴 했으니까.

항상 이쪽의 동태를 살피는 정하얀이나 시도 때도 없이 찾아오는 박덕구. 함께 봉사활동을 나가자고 하는 선희영 때문에 개인 시간이 부족했다.

차라리 김예리가 이쪽에 말을 걸어오지 않는 게 고마울 지경. 만약 그 꼬마까지 난리를 피웠더라면 사생활 같은 건 없다고 해도 과언이 아니었을 것이다.

당분간 혼자서 모든 일을 해결해야 되기는 했지만 뭔가 휴가를 얻은 듯한 기분도 든다.

'절박하게 움직여야 한다는 사실은 변함없지만.'

김현성이 목표로 했던 세 번째 직업이나 능력치 상승을 꾀하기 위해서는 이쪽도 저쪽만큼이나 절박하게 움직여야 한다.

도대체 나의 무엇을 믿고 성장을 따라올 수 있다고 생각했는지는 모르지만 김현성도 나름 생각이 있을 것이다.

실제로 나 역시 그렇게 나쁜 상황은 아니었다.

영웅 등급의 연금 장비와 수많은 촉매, 자재까지.

이미 성장이 확정된 상황이나 다름없다.

능력치 같은 경우에는 문제가 없긴 하지만 그 능력치가 지력이라는 게 문제다. 애초에 다른 능력치는 올리는 것 자체가 불가능하기 때문에 선택지가 없는 상황.

그렇기 때문에 세 번째 전직은 무척 중요했다.

전투 능력으로 비비는 건 어차피 생각도 안 했지만 그래도 어느 정도는 도움이 되는 존재가 되어야 한다고 생각했기 때문이다.

단순 연구직으로는 파티를 따라다니는 것은 무리가 있다.

천천히 올라가며 여러 가지 가능성을 떠올릴 수밖에 없었다. 아직은 구체화시키지 않았던 문제에 대한 해답들이었다.

연금술사라는 개성을 잃어버리지 않으면서도 최소한의 전투 능력을 갖출 수 있는 방안이다.

'일단은 호문클로스……'

사실상 연금술사를 선택하는 계기.

마력 소비 없이 소환수와 비슷한 존재를 다룰 수 있다는 건 이쪽에 무척이나 유리했으니까.

실제로 라무스 터커의 연금학개론에서는 호문클로스를 굉장히 심층적으로 다룬다.

[호문클로스라는 것은 여성의 태를 빌리지 않고 인공적으로 만들어진 생명체를 의미한다. 학파마다 해석이 다르기 때문에 조금씩 그 의견이 다르지만 최소한 필자는 호문클로스를 만들어진 생명체라고 정의하겠다.

물론 키메라를 의미하는 것은 아니다. 유에서 유를 창조하는 키메

라와는 달리 우리 연금술사는 호문클로스를 무에서 창조된 생명체로 정의한다.]

    호문클로스란 만들어진 인공 생명체를 의미한다.

    어떻게 생겼는지, 어떤 일을 할 수 있는지에 대해서는 당연히 모른다. 심지어 터커의 책에도 이론 외에는 아무것도 적혀 있지 않다.

    키메라에 대해서는 비교적 자세하게 설명하고 있지만 유전자를 조작하는 개념인 키메라와 만들어진 생명체인 호문클로스는 엄연히 그 성질이 다르다.

    어쩌면 터커에게도 호문클로스는 미지의 영역이었을 수도 있으리라. 아니, 만약 실제로 생명체를 탄생시켰다고 한들, 자신이 새로운 생명을 만들었다고 떠들고 다녔을 리가 없다.

    그건 일종의 신의 영역이라고 봐도 무방하니까.

    '두 번째는 물약.'

    이 세계에서 포션이라고 불리는 물약이다. 기껏해야 물약으로 전투 능력을 갖출 수 있는지 묻는다면 당연히 고개를 젓겠지만 이건 단순한 내 상상력에 기반한 이론이었다.

    '포션에 마법을 담을 수 있는가?'

    이 대륙의 마법 원리는 간단하게 설명하자면 이렇다.

    마력의 탑을 쌓고, 이미지하기 위해 주문을 외운다. 완성된 주문은 팔이나 특정 신체 부위에 머무르고 사용자의 시동어와 함께 발동한다.

그렇기에.

'머무르는 주문을 신체가 아니라 포션이나 특정 물건에 담는 것은 불가능한가?'라는 의문에서 시작한 실험이다.

물론 일부 아이템에는 마법이 담겨 있는 것 같다.

그렇지만 이런 종류의 아이템은 사람이 만든 아이템이 아닌 어디까지나 본래 완성되어 있는 완공품이었다.

실제로 어떤 마법학파는 아이템에 마법을 인챈트하지만 그 효과가 미비하기도 했고, 효율이 좋지 안다고 알려져 있다.

배보다 배꼽이 더 큰 상황에 연구가 중단된 것이다.

만약에 연금 마법을 사용하는 연금술사가 연성진을 활용해 일회용 마법은 담을 수 있다면 내게 도움이 되는 것은 물론, 상업적으로도 무척 뛰어난 성과를 얻을 것이 분명하다.

'세 번째는 키메라.'

유전자나 세포 따위를 조작해서 소환수를 만드는 방법이라고 할 수 있으리라.

사실상 가장 간단한 방법이 아닐까 생각하고 있기는 하다.

이 세계에서도 몬스터라는 생명체는 흥미의 대상이었으니까.

단순히 키메라를 제조하는 것은 쉽다. 몇몇 몬스터는 굉장히 유사한 유전자를 가지고 있었고 실제로 유전자를 섞어 실험에 들어간다고 해도 틀림없이 몬스터는 살아 있을 테니까.

그렇지만 그것을 컨트롤하는 것은 연금술의 영역이 아니라 흑마법이다.

내가 가진 마력으로는 키메라를 컨트롤할 수 없다.

물론 아직 성체가 되지 않은 녀석을 잡아 배양한 뒤에 키우는 방법이 있지만 그 방법이 제대로 먹힐지도 문제다.

내가 키운 키메라에게 잡아먹히고 싶지는 않다.

'그밖에도…….'

생각해 놓은 방향은 많다.

이건 내게 있어서 생존과 직결된 문제였으니까.

위험성은 높지만 내 신체를 직접 손볼 생각을 해보기도 했고, 실제로 현자의 돌을 연성하는 방안에 대해서 생각해 보기도 했지만. 효율이 좋지 않을 것 같고 아직까지 내가 다루기에는 어렵다고 판단했다.

미루고 있지만 성장 방향을 어느 정도 결정하고 움직여야 할 시기다.

회귀자 일행을 따라가려면 발바닥에 땀이 날 때까지 뛰는 것도 중요하지만 효율적으로 움직이는 게 가장 중요하다고 생각했다.

물론 이 모든 것을 단기간에 해낼 수 있는 것은 아니다. 실험과 실패를 반복하며 시간을 보내고 싶지 않다. 그렇게 하지 않기 위한 답은 이미 정해져 있다.

'도움을 받는 것도…….'

나쁘지는 않아.

이해가 안 되는 것이 있으면 물어보면 되고 연구가 막히면 조언을 구하는 것이 상식이다. 마법과 연금술은 갈래는 다르나 어찌됐든 뿌리는 같다.

다른 직업 모두 마찬가지.

각자의 해석이 존재하는 만큼 그들의 도움을 받는 게 가장 합리적인 방법이리라.

'마도 길드가 낫겠지?'

확실히 나쁘지 않은 선택지.

현자의 돌 연구에 끼어 달라며 아우성쳤던 그들이라면 이기영 연구실의 충실한 일꾼이 될 수 있을 것 같은 느낌이다.

여러 생각을 하며 식당에 들어선 바로 그때였다.

"오늘은 혼자 드시나요?"

"아."

옆에서 목소리가 들려온 것이다.

고개를 돌리니 조금 어려 보이는 여자가 있었다.

"아! 인사를 드리는 건 처음인가요. 파란 5번대의 파티장을 맡고 있는 황정연이라고 해요."

"아. 반갑습니다. 저는……."

"알고 있어요. 7번대의 연금술사 이기영. 맞죠?"

"네."

"공포의 정원은 잘 다녀오셨나요?"

조금은 뜬금없는 질문.

그렇지만 그녀가 어째서 이런 질문을 했는지 금방 눈치챌 수 있었다.

'발견자.'

이 황정연이라는 여자가 던전을 발견한 뒤 우리에게 양보한 사람일 거라는 생각이 들었다.

"정말 감사합니다. 덕분에 좋은 경험을 했습니다."

"들었던 대로 눈치가 빠르시네요."

"칭찬으로 듣겠습니다."

"물론 칭찬이죠. 사실 조금 죄송하기도 하네요. 정말로 좋은 경험을 하고 나오셨으면 좋았을 텐데……. 안 좋은 일이 있었다고 들어서 안타까웠어요. 검은 백조에 있었던 친구가 죄송하다고 전해 달라는 걸 지금에서야 말씀드리네요."

"아! 아닙니다. 이미 사과를 받기도 했고 모든 일이 원만하게 해결됐으니까요. 오히려 제 부족함을 깨닫는 계기가 됐습니다."

"그렇게 말씀해 주시니 기분이 또 좋네요. 모두의 기대를 받는 7번대 파티와 이야기를 나눈 건 처음이에요. 기뻐라."

조금 텐션이 낮은 표정과 목소리다. 엄청나게 느긋하게 보이는 인상. 얼굴은 젊어 보이지만 왠지 모르게 옛날 생각이 나게 만드는 분위기. 현대에 살고 있었던 여성에게 어울리는 소리는 아니지만 뭔가 양갓집 규수 같은 인상이었다.

"사실 원정에서 돌아온 지는 조금 되었는데 7번대 여러분이 워낙 똘똘 뭉쳐 있어서 말 걸기가 쉽지 않았지 뭐예요."

"아. 그렇군요."

"다 같이 모여서 회식하는 날만을 손꼽아 기다리고 있었는데 다른 파티는 돌아올 생각도 없으시고…… 길드가 바빠지긴 한가 봐요. 모두가 여유가 없으셨던 거겠죠."

"아아아. 듣기는 했습니다. 영웅 등급의 던전에 들어가셨다고."

"네. 그보다는 뭔가 고민이 있으신 표정인데."

"흠……."

누가 봐도 마법사 같은 차림이다. 아마 비슷한 유형의 직업을 가졌고, 내게 도움을 줄 수 있을 거라 생각한 모양. 굳이 조용히 있는 후배에게 말을 거는 성격과 던전의 소유권을 양보한 것을 보면 오지랖이 넓은 사람이다.

물론 내게 반가운 일이다.

굳이 마음의 눈으로 능력치를 확인하지 않아도 그녀가 능력 있는 마법사라는 것은 눈치챌 수 있었다. 굳이 숨기지 않아 느낄 수 있는 마력으로 그녀의 능력을 대충이나마 짐작할 수 있었다. 눈에 깃든 총명함도 눈에 띤다.

여유로운 성격도 아마 그녀가 지닌 마력의 영향이리라.

'쓸 만하겠는데.'

굳이 마도 길드에 지원을 요청할 필요는 없을 것 같다. 이 정도 인재라면 마도 길드가 답해줄 수 있는 수준과 크게 다르지 않을 테니까.

"네. 부끄럽지만 그렇습니다. 최근 방향을 잡지 못하는 느낌이 들어서 말입니다."

"네네. 이해해요. 그럴 때가 있죠."

"선택지가 꽤 많은데 사실 어느 쪽으로 방향을 잡아야 하는지 모르겠습니다."

"그것도 이해해요. 누구나 겪는 일이니까요. 특히나 기영 씨 같은 경우에는 더욱더 그렇겠네요."

"네?"

"용병여왕과 하얀 씨 사이에서 고민하는 거 맞으시죠? 한쪽은 지구에서부터 사귀었던 연인이고 한쪽은 이곳에서 생사를 함께한 사이라니. 선택하는 게 어려운 게 당연하잖아요?"

"……예?"

"사실 일부일처나 일처다부가 당연시 되던 현대의 윤리관

으로는 이해하기 힘들겠지만 그럴 때는 두 명 모두 선택하는
게 정답일 수도 있답니다."

"……."

서로 다른 이야기를 하고 있다는 것을 깨달은 것은 순식간.
그녀도 무척 황당한 나를 보고 있으니까. 천천히 웃으며 이야
기를 이어 나가고 있던 황정연이 황급히 입을 닫았다.

"아. 그 이야기가 아니었군요."

"네."

"죄, 죄송해요. 너무 심각하게 고민하시는 것 같아서 당연
히 그럴 일일 거라……."

민망해하는 표정이다. 갈피를 못 잡고 있는 이 분위기를 어
떻게든 수습하려는 것 같지만 뭔가 잘 안 되는 느낌. 어디에
선가 비슷한 느낌을 받은 적이 있는 것 같다.

'닮았는데…….'

인상도 다르고 생김새도 전혀 다르다. 아니, 인종 자체가
다른 느낌이다. 내가 상상하는 얼굴은 산적 같은 얼굴을 한 돼
지였고 눈앞에 있는 여자는 현모양처 같은 이미지였으니까.

그렇지만 왠지 이 여자에게서 박덕구와 비슷한 향기가 난
다는 걸 깨달을 수 있었다.

'닮았어.'

뭔가 연관되면 피곤해질 것 같은 그 느낌이다.

자리를 피하는 게 좋을지 고민하고 있던 찰나, 앞에서 다시 한번 목소리가 들려왔다.

"내 정신 좀 봐. 죄송해요. 드라마를 본 지가 너무 오래 되서 저도 모르게."

"아……. 네."

"너무 사이좋은 두 분이니까요. 사실 하얀 씨와 기영 씨를 볼 때면 저도 모르게 웃음이 나올 때가 많아서요. 특히나 하얀 씨가 기영 씨를 정말로 좋아하시는 것 같던데……. 그래서 그런 마법까지 걸고 다니시나 봐요."

"네?"

"위치 추적 마법이요. 제가 이렇게 함께 있어도 되는 건지 모르겠어요. 누군가와 함께 있다는 정보 정도는 들어가고 있을 텐데."

"음?"

"부끄러워하지 않으셔도 돼요. 직접 신체 부위도 넘겨주셨잖아요? 로맨틱해라."

"……."

"……."

"혹시…… 모르고 계셨나요?"

"……."

"못 들은 척해주시는 건…… 안 되겠죠?"

무척이나 황당한 소식이었다.

너무 어처구니가 없어 실소가 나올 정도.

생각을 정리하기도 전에 머릿속으로 나에게 마법을 건 사람의 얼굴이 떠올랐다. 성격으로 보나 지금까지의 행적으로 보나 범인은 뻔하다.

'정하얀.'

틀림없이 정하얀이다.

여러 길드나 클랜도 떠오르지만 겨우 나 같은 놈을 위해 그런 수고를 들이진 않을 것이다. 그나마 용의자로 꼽을 수 있는 사람은 내게 집착하고 있는 세 명의 여인.

그중에서도 조금 애매한 포지션인 차희라 같은 경우에는 일단 아웃이다.

차희라가 다른 마법사를 고용해 이쪽의 위치를 추적하고 있다는 건 왠지 상상하기 힘든 장면이기도 했고 아무리 생각해 봐도 그녀가 굳이 내게 이런 일을 할 이유가 없다.

또 다른 용의자라고 할 수 있는 이지혜 역시 마찬가지. 심지어 이지혜는 이쪽에 마법을 걸 시간도 능력도 없다. 아니, 그전에 만약 누군가가 내게 마법을 걸었다면 틀림없이 눈치챘을 거다. 쉽게 생각하면 내가 모르게 마법을 걸 수 있는 사람이 범인이라는 이야기.

누군가 내가 쉬거나 자고 있었을 때 내 방에 들어와 마법을 걸었다는 이야기가 된다.

물론 그게 가능한 것은 정하얀뿐이다.

자고 있는 나를 바라보며 주문을 외우는 정하얀을 떠올리니 괜스레 소름이 돋을 지경.

'이게 뭐야⋯⋯.'

길드 하우스에 들어오기 전에는 사실 정하얀이 밤마다 이쪽으로 와서 여러 가지 일을 하고 가기는 했지만 생각해 보니 길드 하우스에 들어온 뒤로는 중간에 잠을 깬 적이 없다.

'언제부터였지?'

생각해 보니 정말로 그렇다.

사실 별것 아닌 것으로 치부하고 넘겨도 상관없지만 왠지 모르게 정하얀이 관련되어 있다고 생각하니 기분이 묘했다.

길드 하우스에 들어온 이후로 자는 도중 한 번도 깨지 않은 게 정말로 우연인가 생각한다면 답이 나온다.

'우연일 리가 없지.'

내 방에 들어와 수면 마법을 걸고 이 짓 저 짓 해버렸을 가능성을 생각하자 너무 황당해서 헛기침이 나왔다. 물론 추측일 뿐이지만 만약 사실이라면 이곳에 들어온 이후부터 정하얀에게 간접적으로 성교육을 시켜준 셈이 된다.

'허⋯⋯.'

당황스러운 마음을 감춘 뒤에 살짝 고개를 드니 큰 실수를 했다는 듯, 흙빛이 된 얼굴이 시야에 들어왔다.

내가 저 여자라고 해도 같은 반응을 보였을 것이다. 굳이 현대에 비유하자면 의부증을 앓고 있는 부인이 남편에게 감시를 붙였다는 것을 전한 꼴이니까.

나와 정하얀과의 관계가 어느 정도로 풋풋해 보였는지는 알 수 없지만 괜스레 이쪽의 눈치를 보는 얼굴이다.

혼란스러운 정신을 부여잡고 다시 한번 입을 열었다. 이 문제에 대해 조금 더 자세히 알아야 한다고 생각했기 때문이다.

"조금 자세히 설명해 주시겠습니까?"

"네? 네?"

정확한 경위를 파악하는 것이 가장 중요하다. 그래야 나도 조심할 수 있으니까.

"그러니까 그게…….."

"정확히 알려주셨으면 합니다."

"그게…….."

이렇게 뜸을 들이니 괜스레 조금 더 불안해진다.

혹시나 내가 모르는 기능이 숨겨져 있지는 않은지 걱정이 된 탓이다. 물론 이 대륙에서 도청 같은 것이 가능하다는 이야기는 듣지 못했지만 정하얀이라면 전혀 새로운 마법을 개발했을 수도 있다고 생각했다.

"정확히 말씀드리기는 조, 조금……. 괜찮으시겠어요?"

"괜찮습니다. 조금 놀라기는 했지만 알고 싶어서 말입니다. 어느 정도는 예상하기도 했고…… 크게 신경 쓰지 않습니다."

"그렇게까지 말씀하신다면 알려드리긴 해야겠네요. 저, 정말로 깜짝 놀랐어요."

"네. 하얀이가 질투가 조금 심한 편인데 아마 그런 것 때문에 마법을 걸었던 것 같습니다."

"어머, 어머. 하긴 용병여왕이랑 그런 소문이 났으니까요. 충분히 이, 이해할 수 있어요."

"……."

"어쩐지 너무 꼭꼭 숨겨 놓은 것 같더라니……."

"네?"

"아마 평범한 사람은 눈치채지 못했을 거예요. 특히나 검사 같은 사람은 기영 씨한테 마법이 걸려 있는지도 모르고 있을 걸요? 마법사도 마찬가지예요. 저처럼 마력에 민감한 체질이 아니라면. 그…… 보통 마법사 같은 경우에는 알아차리기 힘들 정도로 체계적이고 복잡하게 마법을 걸어 놨어요. 마력 수치 80이상이 되지 않으면 아마 그냥 넘어갔을 거예요. 마력도 굉장히 희미하고 무엇보다 기영 씨가 가지고 있는 고유의 마력 파장에 녹아들도록 설계했으니까요."

"아……."

"솔직히 제가 봐도 흥미롭네요. 이런 방식으로 마법을 사용할 수 있을 거라고는 생각하지 못했는데 천재라는 소문이 거 짓은 아니었군요. 저랑은 분야가 달라서 흉내 내기도 쉽지 않 겠어요. 기영 씨가 눈치채지 못하신 것도 무리는 아닐 것 같 네요. 연금술사라고 하셨으니."

"네."

"그래도 어떤 마법이 걸렸는지에 대해서는 말씀드릴 수 있 을 것 같아요. 주문 자체는 기본 주문을 차용했으니까요."

"네네."

"일단 첫 번째로 걸려 있는 마법은 말씀드렸다시피 위치 추 적 마법이에요. 이름 그대로 상대방의 위치를 대충 파악할 수 있게 설계된 마법이죠. 이 정도는 사실 별거 아니긴 한데 두 번째로 걸려 있는 마법은 제가 봐도 재미있네요."

"뭔가요?"

"던전 내에서 세이프티 존을 만드는 것과 유사한 마법이에 요. 일정 반경에 생명체가 들어왔을 때 신호가 울리는 마법이 라고 생각하시면 편할 거예요. 아마 반경은 50센티 정도……. 쉽게 이야기해서 타인이 일정 구역 이상 기영 씨에게 접근하 면 신호가 가는 마법이라고 설명드리는 게 맞겠네요. 물론, 어 떤 일이 일어났는지에 대해서는 전혀 알 수 없겠지만."

"네."

"보통 이런 종류의 마법을 걸기 위해서는 대상자의 신체 일부나 혈액 따위의 촉매가 필요한데……. 정말로 전해주신 적이 없으신 건가요?"

"촉매가 없으면 어떻게 되는 겁니까?"

"촉매 없이 이런 종류의 마법을 사용하는 건 불가능해요. 이 마법은 기영 씨가 가지고 있는 마력의 파장과 유사한 형태로 변질되었기 때문에 발견하기 힘든 거니까요. 특히나 위치 추적 마법 같은 경우에는 촉매가 필수예요. 그러지 않으면 발동 자체가 불가능해요."

"기억이 나기는 합니다만……."

"역시."

"혹시 머리카락 같은 것도 괜찮은 겁니까? 예를 들면 손톱이라든가."

"아뇨. 머리카락 한 올 가지고는 불가능할 거예요. 한 뭉텅이 정도가 필요하겠네요."

당연히 머리카락 한 뭉텅이를 전해준 기억은 없다. 그렇지만 생각나는 것이 아예 없는 건 아니다. 전에 던전에서 정하얀이 내 이빨을 주워 가는 걸 본 적이 있다.

그걸 떠올리니 괜스레 황당하다. 당시에는 대수롭지 않게 생각했지만 이런 식의 결과가 나올 줄은 상상도 못했다.

생각해 보니 이지혜와 함께 있을 때도 왠지 마법이 걸려 있었던 느낌. 나와 그녀 사이에 묘한 기류를 눈치챈 것이 아니라 정하얀이 설정해 놓은 범위 내에 이지혜가 들어왔다는 걸 안 것이다.

'그래서였어.'

정하얀이 이지혜를 죽일 듯이 노려본 것은 그녀가 범위 안으로 들어왔기 때문이다.

"어머. 질투가 좀 심한 게 아닌 것 같은데……. 어, 어떡하나 몰라."

걱정하는 것치고는 조금 흥미로워 하는 것 같다.

적절한 표현일지는 모르겠지만 막장 드라마를 보는 우리네 어머니 같은 얼굴이다.

"큼. 혹시 이쪽이 하는 이야기를 듣거나 상황을 지켜볼 수 있는 마법은 걸려 있지 않은 겁니까?"

"네. 기영 씨에게 걸려 있는 마법은 딱 두 가지뿐이에요. 정말로 교묘하네요. 제가 봐도 놀라울 정도로요. 이제 막 이곳에 온 신입이 이런 마법을 완성했다는 게 믿기지 않아요. 물론 마법에 들어가는 마력 소모량이 적기 때문에 가능했겠지만…… 학계에 논문으로 발표할 정도는 되겠는데요?"

그 논문의 제목은 '남자친구 스토킹 하는 방법'이 될 것이다.

"끄응…….."

"해제하려면 할 수 있을 것 같은데……. 어떻게 할까요?"

"아뇨. 지금 당장은 괜찮습니다."

"어머. 구속 받고 싶은 스타일이신가 보다. 조금 이상하기는 하지만 왠지 모르게 로맨틱하네요."

'로맨틱은 개뿔.'

말 그대로다.

무척 충격적인 소식이었지만 너무 황당해서 도리어 담담해졌다.

이쪽에 집착하고 있는 것은 이미 어느 정도 알고 있었던 사실. 내 성격이 이상한 건지는 모르겠지만 정하얀을 완벽하게 다룰 수 있는 대가로 이 정도라면 나쁘지 않은 거래다.

물론 소름이 끼치지 않는 것은 아니다. 뭐라고 설명하기 어려운 거부감이 있지만…… 이 정도는 모른 척할 수 있다.

어찌됐든 이런 종류의 마법이 걸려 있다는 것을 알았다는 것도 호재다.

혹시나 방에 다른 장치가 있지는 않을까 궁금해졌다.

"혹시 괜찮으시다면 제 방으로 가주시겠습니까?"

"네?"

괜스레 경계하는 표정을 보내오는 것 같아 이쪽이 더 황당해졌다.

"무, 물론 제, 제안은 감사드리지만 조, 조금 뜬금없고 좀 당황스럽네요. 당신이 매력적이지 않다는 건 아니지만 이미 주변에 여자도 많으시고……. 물론 이런 상황에 합류하는 건 조금 뭔가 로망이랄까 그런 게 있기는 하지만 제 취향은 조금 덩치가 있고 포근한 사람이라…….”

“그런 뜻이 아닙니다.”

“아.”

“혹시나 제 방에 어떤 마법이 걸려 있는지 확인해 주셨으면 합니다.”

“아아아아……. 그, 그렇겠죠.”

낯선 여자에게서 박덕구의 냄새가 난다는 걸 다시 한번 확인했다.

“그러면 같이 올라가시죠! 안 그래도 엄청난 비용을 들였다는 공방이 궁금하기도 했거든요. 오늘은 운이 좋네요.”

“네. 저도 마찬가지입니다.”

그녀가 아니었다면 이런 종류의 마법이 걸려 있다는 것도 모르고 있었으리라.

자리에서 일어나자 뭔가 굉장히 흥미진진한 눈으로 이쪽을 따라오는 황정연이 시야에 들어왔다. 이쪽은 나름대로 진지한 것에 비해 이 여자는 드라마 촬영장이라도 구경하는 표정이다.

2층으로 올라갈수록 왠지 모르게 발이 무거워지긴 했지만 한 번 하는 것 확실하게 정리하는 것이 낫다.

"여기가 7번대 분들이 사용하시는 숙소군요. 들었던 것처럼 좋네요."

"사실 다른 분들의 숙소를 본 적이 없어서 뭐라고 설명하기 어렵군요."

황정연은 한참이나 이곳저곳을 두리번거리다가 박덕구의 방 앞에 섰다.

뭐라도 발견한 건가 싶어 슬쩍 얼굴을 바라보니 왠지 모르게 미소를 보내고 있다.

'아니겠지…….'

내가 상상하는 최악의 그림이 나오지 않기를 빌었다.

아무튼 간에 목적은 박덕구의 방이 아니라 내 방이다.

짐짓 아무렇지도 않은 표정으로 방문을 여니 평소의 모습이 들어왔다. 책상에는 각종 서적이 널려 있고, 여러 장비가 쌓여 있는 방. 청소를 하지 않은 티가 나는 게 괜스레 민망하지만 지금 와서 정리한다고 한들 이상하게 비칠 것이다.

"정말 깔끔한 방이네요."

"……네."

"어머나. 저보다 책을 더 많이 가지고 계신 것 같은데요?"

"반쯤은 읽다 포기한 것들입니다."

"그래도 공부한다는 건 좋은 거죠. 아, 내 정신 좀 봐. 비슷한 마법이 걸려 있는지 확인해 달라고 하셨죠?"

"네. 그렇습니다."

"잠시만요."

눈에 마력을 담은 뒤에 이리저리 둘러보는 느낌. 이 정도로 작정하고 찾을 거라고는 생각하지 못했다. 아무래도 정하얀의 마법적 재능을 의식하고 있기 때문이리라.

조금의 시간이 흐른 뒤에는 황정연의 표정이 무척이나 미묘하게 바뀌기 시작했다. 웃음을 참고 있는 것 같기도 했고, 흥미로워 하는 것 같기도 했다. 깜짝 놀란 표정도 종종 보여주어 내 불안감은 커져만 갔다.

결국에는 방 안을 둘러보던 그녀가 이쪽을 향해 조심스레 입을 열었다.

"있긴 있네요."

"네?"

"벽 그리고 침대에서 보여요."

"……."

"일단은 벽부터 말씀드려도 될까요?"

"네."

"혹시 바로 옆방을 사용하시는 분이 하얀 씨…… 맞죠?"

"네. 그렇습니다만."

"하얀 씨가 조금 음흉한 면이 있네요."

대충 뭔지 예상이 가기 시작했다.

애초에 튜토리얼 때부터 정하얀이 환상 마법으로 벽을 만드는 걸 봐왔다. 그렇지만 내가 벽 하나가 통째로 바뀌어 있었다는 걸 눈치채지 못했다는 사실에 당황스럽다.

설마 하는 생각으로 벽에 손을 대어봤지만 마법이 아닌 실제로 존재하는 벽이었다.

'전부 바뀌지는 않은 건가?'

분명히 일반 벽이다. 조금은 의아한 표정으로 황정연을 바라보니 그녀가 즐거운 목소리로 입을 열었다.

"벽이 통째로 바뀐 건 아니에요. 대신 작은 구멍이 있어요."

"네?"

"여기에 손가락을 넣어보시면 제 말이 무슨 뜻인지 이해할 수 있으실 거예요."

이쪽에 걸어둔 안전거리를 유지하려는 듯 천천히 손가락으로 인도하는 모습이 보였다.

자리한 곳에 슬쩍 손가락을 넣어보니 쑥 하고 벽면으로 손가락이 뚫고 들어갔다. 심히 당황스럽다. 지금까지 이 구멍의 존재를 모르고 살았다는 게 황당했다. 손으로 직접 만지고 나서야 마력의 존재를 확인할 수 있었던 것이다.

"어떻게 모를 수가……."

"아주 미약한 마력이니까요. 그리고 이 방 자체가 이미 마력에 둘러싸여 있으니 눈치채지 못한 것도 무리는 아니죠. 기영 씨는 마력에 그렇게 민감한 체질도 아닌 것 같고. 무엇보다 이 구멍은 생긴 지 얼마 안 된 것 같네요."

"아, 그렇습니까?"

"네. 한 달도 되지 않은 것 같아요. 어째서 하얀 씨가 기영 씨 방을 훔쳐보려고 했는지는 모르겠지만…… 대충 예상은 가는데요? 후후후."

"아…… 네."

불행 중에 다행이라고 할 수 있는 부분이리라.

물론 이 방에서 뭔가 엄한 짓을 한 기억은 없지만 그래도 정하얀이 내 모든 모습을 봤을 거라고 생각하니 찜찜한 기분이 든다. 심지어 샤워를 마친 뒤에 알몸으로 나온 적도 있고 그대로 침대에 누워버린 적도 있다.

조금 찜찜하기는 했지만 이것 역시 이해해 준다고 한다면 그럴 수 있는 부분이다.

'원인은 나니까.'

이 정도로 발전할지는 생각도 못 했지만 어찌됐든 정하얀을 이쪽으로 끌어드린 것은 나.

이쪽에서 감내할 부분이다. 어쩌면 겨우 이 정도로 끝난 게 다행이라는 생각이 들 정도.

혼자 고개를 끄덕이기가 무섭게 곧바로 목소리가 들어와 꽂혔다.

"사실 정말로 놀라운 건 이 침대예요."

"침대 말입니까?"

"이건 마법학의 새로운 혁명이라고 해도 과언이 아닐 정도의 물건이에요."

"아……."

남 일이라고 즐거워하는 모습을 보니 왠지 모르게 씁쓸해졌다. 그렇지만 정말로 놀라워하는 것을 보니 이 침대에 내가 상상하기 힘든 뭔가가 숨겨져 있는 모양.

슬쩍 그녀를 바라보자 기다렸다는 듯이 입을 여는 황정연의 얼굴이 시야에 들어왔다.

"피로 회복 마법이네요."

"그렇군요."

"그것뿐만이 아니에요. 기영 씨의 상태를 체크하는 것은 물론, 여러 종류의 마법이 걸려 있어요. 하나하나 전부 다 설명을 드릴 수 없을 정도로 많네요. 활력을 돋우는 마법부터 두뇌 회전과 혈액 순환을 빠르게 해주는 마법까지. 방범 대책 마법과 더불어 무슨 일이 일어났을 때 기영 씨를 보호해 줄 수 있는 마법까지 내장되어 있어요. 만약 이 길드 하우스에 대형 마법이 떨어진다고 해도 아마 기영 씨는 무사하실 거예요. 걸려 있는 마법이 이러니 이 침대에서 주무셨다면 세상 모르게 잠드셨을 것 같네요. 일어나신 후에 피곤하신 적도 없으셨을 것 같은데. 맞나요?"

"네······. 그런 것 같습니다. 개운한 느낌을 받은 적이 있습니다만."

"그야 이런 침대에서 주무셨다면 피로가 싹 가시는 게 당연하겠네요. 로맨틱해라······."

조금이지만 괜스레 가슴이 따뜻해진다.

이런 마법일 줄은 몰랐다.

조금 당황스러웠던 건 정하얀이 건 마법이 인챈트라는 것.

"그럼 침대 자체에 마법이 걸려 있다는 말씀이십니까? 그건······."

"네. 불가능하죠. 만약에 가능하다고 해도 효율이 좋을 리가 없고요. 주문을 인간이 아닌 물건 같은 대상에 우겨 넣는건 이미 여러 학파에서도 포기한 일이니까요."

"네. 아이템 효과가 들어 있는 아이템은 고작해야 이 대륙에서 나온 완공품이 대부분일 텐데요. 저도 여러 가지로 조사해 본 적이 있습니다."

"그래서 혁명적이라는 말씀을 드린 거예요. 기영 씨에게 걸려 있는 위치 추적 마법의 은폐 기술이 논문급이라고 표현하자면 이 침대에 걸려 있는 마법은 마법학계를 뒤흔드는 것은 물론, 새로운 학파를 만들 가능성을 가지고 있어요. 일대 종사가 할 수 있는 일을 이곳에 들어온 지 겨우 1년도 안 된 신입이 해버린 거라고요. 같이 마법을 연구하고 공부하는 사람으로서 자괴감이 느껴질 지경이네요."

"……."

"물론 제한 조건이 없는 건 아니지만요."

그럴 수밖에 없다고 생각했다.

아무리 정하얀이라고는 해도 인챈트 기술을 완벽하게 실용화시켰을 리가 없다. 이미 이곳에 있던 모든 마법사가 도전하고 손을 놓아버린 연구다.

"이 마법은 기영 씨에게만 발동되는 마법입니다."

"이해했습니다."

"네. 아마 이번 마법도 촉매를 활용했을 거라는 생각이 드네요. 기영 씨의 신체 일부를 촉매로 활용해 마법을 압축하고 압축하고 또 압축해서 기영 씨 개인에게만 효과가 발동되도록 꾸렸어요. 아마 모든 대상에게 마법이 발동되게 한다면 이 정도의 마법을 담을 수는 없었겠죠? 효율도 무척 떨어질 거고요. 어디까지나 기영 씨만을 위한 침대라는 뜻이 되겠네요."

"그렇군요. 아무리 그렇다고는 해도……."

"기영 씨가 가지고 있는 유전적인 정보 그리고 촉매가 가지고 있는 유전적인 정보가 일치하기 때문에 가능했던 마법이라고 설명하는 게 이해하기 편하시겠네요."

어느 정도는 이해가 된다.

"두 번째는 충전해 줘야 한다는 거예요."

"네."

"적어도 한 달에 한 번은 주문을 외운 당사자가 마력을 넣어야 해요. 지금까지도 마법이 유지되는 것을 보니 침대에서 함께 있을 일이 많으셨나 봐요. 후후후."

"……."

"또 하나."

"말씀해 주세요."

"정확히 말하면 이 마법은 침대에 걸려 있는 마법이 아니에요. 방금 말씀드린 대로 촉매를 활용한 마법이니까요. 으음. 혹시 매트 좀 뒤집어 주시겠어요? 아니면 어딘가에 분명 공간이 있을 텐데……."

"네. 물론입니다."

그녀의 말이 사실이라면 이 침대에 마력을 유지하고 있는 장치가 있다는 말이 된다. 확실히 침대를 뒤진 지 얼마 되지 않아. 하얀색으로 된 뭔가가 매트리스 안쪽에 박혀 있는 것이 보였다.

'이빨?'

"역시 그럴 거라고 생각했는데, 정말이었네요. 혹시 기영 씨 이빨이 맞나요?"

"네. 아마 그런 것 같습니다."

"저 촉매에 저장되어 있는 기영 씨의 정보가 이 마법을 유지시켜 주고 있다고 생각하시면 이해할 수 있으시겠어요?"

"물론입니다. 이건…… 비슷하니까요."

"아, 이런 쪽으로는 전문가시죠?"

"전문가라고 할 수 있는 정도는 아닙니다."

'이 방식은 틀림없이 연금술과도 비슷하다.'

단순한 마법이라고 볼 수 없다.

아무리 개인에게만 유지되는 아티팩트라고 한들, 단순히 마력 파장만 맞춘다고 가능한 것이 아니다.

이기영이라는 인간이 가지고 있는 전체적인 정보와 촉매로 쓰인 저 이빨이 가지고 있는 정보가 일치하기 때문에 발동할 수 있는 마법.

이런 종류의 방법을 발견하기 위해 얼마나 힘을 쏟았을지 상상하기 힘들었다.

'허…….'

조금 더 생각해 보니 지금 이 방식은 내가 성장하려는 방향과 완벽하게 일치한다. 촉매에 여러 마법을 섞는다는 발상도 그렇고 유전자 정보를 활용한다는 것도 그렇다.

호문클로스 연구나 키메라 연구, 심지어 마법 물약 연구까지.

어느 쪽으로 가더라도 대차게 활용할 수 있는 최고의 교재다.

'대박인데…….'

물론 방식은 다를 것이다.

정하얀은 어디까지나 마법적으로 접근한 경우고 나 같은 경우에는 연금술로 접근해야 하니 말이다. 그렇지만 촉매의 활용이나 유전자 배합은 내 지식이 더 풍부하다. 말하자면 방식은 같되 완전히 다른 방향으로 연구할 수 있는 길이 열린 것이다.

이 모든 게 정하얀이 내린 안배가 아닌가 하는 생각이 들 정도였다.

'이건 된다.'

확실히 된다.

아무것도 없는 맨땅에 헤딩하는 것이 아니다. 이미 수많은 실험과 노력의 결과물이 눈앞에 있다. 온전히 연구에 집중한다고 한들, 몇 년이 걸릴지도 모를 완벽에 가까운 교과서다.

흥분하지 않는 게 이상한 일이리라.

"역시나 기쁘신가 봐요. 어머, 어머."

"아…… 네. 솔직히 기분이 좋기는…… 합니다."

"아직 좋아하시긴 일러요. 이 침대의 놀라운 기능이 또 한 가지 숨겨져 있거든요."

"또 있습니까?"

"네. 리버스라고 불리는 마법이에요."

"아."

"이 수많은 버프를 뒤집는 디버프가 내장되어 있어요. 대상은 물론……."

"……."

"기영 씨를 제외한 인간이고요. 아마 침대에 가까이 가거나 누웠을 때 발동될 거예요. 물론 타인의 경우에는 촉매와 정보 값이 일치하지 않기 때문에 효과가 그리 대단하지는 않지만 하급 저주도 일단은 저주라고 할 수 있으니까요. 저도 앉았으면 큰일 날 뻔했지 뭐예요. 만약 이 침대에 걸려 있는 마법을 약 10년간 연구한다고 가정하고 발전시킨다면…… 어쩌면 기영 씨 이외의 여자가 침대에 눕는 순간 상급 저주에 걸려 즉사할지도 모르겠네요."

"그래서 제게 침대를 들어달라고 하셨군요."

"네. 그러니까 다른 여자를 이 침대로 끌어들이면 안 된다는 하얀 씨의 귀여운 메시지 아니겠어요? 로맨틱해라."

하나도 로맨틱하지 않다. 아니, 조금은 무섭다.

"다른 건 없는 겁니까?"

"네. 제 눈으로 찾을 수 있는 건 이 정도. 본격적으로 찾아보면 결과가 달라질 수도 있겠지만 제가 말씀드린 것 이외에 마법적 장치는 없을 거라 확신해요. 이렇게 보여도 조금 능력 있는 마법사니까."

"감사합니다."

뭔가 엉뚱하고 이상한 시간이기는 했지만 성과는 나쁘지 않았다.

정하얀이 이쪽에 여러 가지 안배를 해두었다는 것보다 성장할 수 있는 길이 열렸다는 게 기쁘다. 물론 이 일에 대해서는 조속히 조치를 취해야겠지만 당장은 성장하는 것이 더 급했다.

내 방이 진리가 숨겨져 있는 던전이나 유적지로 보일 정도. 내 몸에 걸린 마법은 물론, 침대 역시 최고의 연구물품이다.

이런 최고의 상황에서 연구를 할 수 있다는 게 조금은 행복했다.

적절하지 않은 예일 수도 있지만 정하얀이 내게 준 선물은 물을 마시려는 나에게 물이 담긴 컵을 준 것과 다름없다.

조금 복잡하고 비좁은 모양의 컵이기에 마시기 쉽지 않겠지만 그 문제만 해결하면 목을 축일 일만 남은 거다.

기분 좋게 싱글벙글 웃으며 침대를 바라보니 한쪽 구석에 박혀 있는 이빨이 괜스레 사랑스러워 보였다.

'이빨?'

잠깐이지만 머릿속에서 의문이 생겨난 것은 바로 그때.

"저, 혹시 말입니다."

"네."

"지금 제 위치가 하얀이에게 전송되고 있다는 건 그녀가 제 신체 부위 중에 어딘가를 가지고 있다는 뜻이 맞습니까?"

"네."

'뭐야……'

틀림없이 저 빠진 이빨을 가지고 있을 거라고 생각했다.

만약 저게 아니라면 지금 정하얀이 뭘 가지고 있는지 상상하기 힘들었다. 머리카락은 그대로. 혈액을 뽑힌 기억도 없다. 아니, 그전에 정하얀이 내 몸에 상처를 낼 리가 없다. 어딘가에서 살점이 떨어진 것도 아니고 이빨이 또 떨어진 것도 아니다.

'뭘 가지고 있는 거지?'

보통 몬스터의 경우에는 촉매로 사용되는 부위가 무척 다양하다. 이빨이나 머리카락 뭉치는 물론, 마력을 담고 있는 혈액이나 눈알 같은 것도 가능. 심장은 효과가 가장 좋은 편이었고 심지어는 뼈나 장기도 도움이 된다.

특정 몬스터의 경우에는 타액 그리고 수컷에 한해서는 몸에서 생성되는 액체 역시 효과가 있는 편이지만 도대체 정하얀이 뭘 가져갔는지 추측하기 힘들었다.

가장 가능성이 높은 몇 가지를 떠올리기는 했지만 그다지 상상하고 싶지 않다.

상상하기 좋은 장면은 아니었으니까.

'설마……. 아니겠지?'

내 신체에서 나오는 것 중에 무엇을 촉매로 가지고 있는지 궁금해졌지만 당연하게도 알 수 있는 방법은 없다. 뭐가 됐든 불안하다는 점은 달라지지 않으리라.

'그건 아닐 거야…….'

사실 이 시점에서 중요한 것은 정하얀의 범죄 행위도 아니고 뭘 가져갔는지도 아니다.

물론 이대로 내버려 두고 상태가 더 심각해질 것을 고려해 본다면 어느 정도 브레이크를 걸어줘야겠다는 생각은 했다.

그러나 멀리 떨어져 있는 지금, 할 수 있는 일은 없다.

아직 성장 중인 그녀가 보여준 결과물이 이 정도.

만약 김현성의 그림대로 정하얀이 대륙에 이름을 떨칠 정도의 대마법사가 된다면 아마 상상할 수 없는 것들이 튀어나올지도 모른다.

저 엿보기 구멍은 벽 전체로 확대될 것이고 이 침대는 타인에게 강력한 저주를 발휘하게 되는 아티팩트가 될지도 모른다.

그뿐만이 아니다.

아직 실용화되지 않고 있는 도청 마법이나 영상 녹화 마법 같은 것을 개발할지도 모른다.

그 외에도 여러 가지가 떠오르기는 한다.

'정신계열?'

내 정신을 조금씩 조종하는 마인드 컨트롤이라든지, 어쩌면 저런 촉매를 이용해 나에게만 해당되는 강력한 매혹 주문을 만들 수도 있다. 심지어 투명인간이 되어서 나에게 항상 붙어 있는 것도 어쩌면 가능할지도 모른다.

물론 어느 방향으로든 나에게 해를 끼치기 싫어하기도 했고 아직까지는 순수한 옹호자라는 타이틀을 유지하고 있는 정하얀이 그런 짓을 저지를 확률은 희박하지만 박혜영의 사지를 절단 내는 장면을 떠올리니 설득력이 생긴다.

잘못하면…….

'엿 될 수도 있어.'

함부로 몸을 굴리는 순간 그 시점에서는 이미 아웃. 정하얀이 주변에 있을 때만이 아니라 없을 때도 조심해야 한다. 황정연이 능력 있는 마법사라는 것과는 별개로 그녀가 눈치채지 못한 장치가 작동하고 있을 수도 있다고 생각했기 때문이다.

여러 가지 보험을 마련해야겠지만 일단은 조신하게 지내는 것 말고는 다른 방도가 없다.

지금은 한 가지 일에 집중해야 하는 시기였으니까.

"대단하네요."

"네?"

"2층 전체를 공방으로 활용하실 줄은 생각하지 못했어요."

"아아아아."

내가 봐도 조금 멋져 보이는 공간이다.

마법사인 황정연에게도 이 공간은 마치 꿈의 공간처럼 느껴질 것이다. 길드원이 나간 틈을 타 내 방과 연금공방을 연결하니 작업 공간이 무척이나 넓어진 것.

층 하나를 실험실로 사용하는 이쪽의 배포에 놀라기보단 최고의 성능을 자랑하는 장비에 시선이 갈 것이다.

'검은 백조한테도 많이 뜯어냈으니까.'

숙련된 모험가인 그녀가 봐도 박수를 보낼 만한 도구가 즐비해 있으니 저런 얼굴을 하는 것도 무리는 아니다.

"정확히 말하면 제 공방과 방을 연결한 게 전부입니다. 아무래도 왔다 갔다 하기 조금 불편해서……. 연구해야 할 최고의 교재가 이미 이곳에 있는데 시간을 들일 필요는 없으니까요."

"아뇨. 주변에 깔린 물건들이 전부 대단해 보여서요."

"다 선물 받은 것들이라……. 그건 그렇고 5번대는 할 일이 없는 겁니까?"

"지금은 휴식기예요. 혹시 제가 방해되나요?"

"그렇지는 않습니다. 이것저것 도와주시니 감사할 뿐입

니다.”

“뭐, 할 일이 없기도 하고……. 아무래도 저도 마법사인 만큼 호기심이 없는 건 아니니까요. 물론 하얀 씨의 마법이나 기영 씨의 연구 결과로 논문을 쓴다거나 추가적인 이득을 얻는다든가 할 생각은 없어요.”

“네. 알고 있습니다.”

슬쩍 마음의 눈으로 그녀를 들여다보니 여러 가지 정보가 눈에 들어왔다.

이미 한 번 봤지만 정확히 기억해 두고 싶다.

[플레이어 황정연의 상태창과 재능 수치를 확인합니다.]

[이름—황정연]

[칭호—일일드라마 애청자]

[나이—34]

[성향—호들갑떠는 낙천주의자]

[직업—마도학자—영웅 등급]

[직업효과—기초 마법 지식 습득]

[직업효과—기초 마도 지식 습득]

[직업효과—중급 마법 지식 습득]

[직업효과—중급 마도 지식 습득]

[능력치]

[근력-30/성장한계치 희귀 이상]

[민첩-40/성장한계치 희귀 이상]

[체력-32/성장한계치 희귀 이하]

[지력-90/성장한계치 영웅 이상]

[내구-32/성장한계치 희귀 이하]

[행운-54/성장한계치 희귀 이상]

[마력-80/성장한계치 영웅 이하]

[특성-민감한 몸-희귀 등급]

[특성-초기억력-희귀 등급]

[총평-마력의 성장이 거의 멈춰 있습니다. 상위 마법사로 가는 길은 거의 닫혔다고 해도 과언이 아니지만 높은 지력으로 자신의 단점을 보완하고 있습니다. 특성과 직업의 궁합이 좋아 상위 레벨에 오를 수 있게 된 케이스네요. 만약 마력 재능이 영웅 이하가 아니라 영웅 이상이었다면 상황이 달라졌을 겁니다. 플레이어 이기영과 비슷한 타입이라고 할 수 있겠지만 동지라고 생각하진 말아주세요. 조금 아쉬운 걸로 끝나는 저분의 비해 플레이어 이기영은 마력에 대한 재능이 전무하니까요.]

'나쁜 새끼.'

총평은 확실히 마음에 들지 않았지만 그녀의 능력치나 성장 정도는 무척이나 마음에 든다. 물론 나와 비교하는 것 자체가 조금 그렇지만 그녀는 마력보다는 지력에 의지하는 마법사다.

마력 성장이 더디다는 것을 깨닫고는 자신만의 길을 개척하기 위해 여러 방면으로 머리를 굴렸을 것이 뻔하다.

정하얀이 걸어준 마법뿐만 아니라 그녀의 존재 자체도 나에게는 큰 교재였다.

'특성도 괜찮아.'

민감한 몸이라는 특성이 눈에 들어왔지만 당연히 성적인 의미는 아니다. 마력이나 주변 환경에 영향을 많이 받는 특성. 사실 그것보다 눈에 들어온 것은 초기억력이라는 특성이었다.

[특성−초기억력−희귀 등급]
[완벽에 가까운 기억력을 부여합니다.]

아직까지 희귀 등급이기 때문에 완벽하지 않겠지만 만약 등급이 진화한다고 가정한다면 저 능력은 내 마음에 눈보다 효율 좋은 능력이 될 수도 있다고 생각했다.

'이를테면 완전 기억 능력이라든가.'

전혀 불가능한 일은 아니다.

다시 한번 슬쩍 고개를 돌렸을 때 그녀의 목소리가 들려왔다.

"한 번 읽어봐도 되나요?"

"어떤 걸 말씀하시는 겁니까?"

"정리해 놓으신 서책이요."

"물론입니다. 안 그래도 자문을 구하고 싶었으니까요."

"아뇨, 아뇨. 사실 자문이라고 할 것도 없어요. 말씀드린다고 해봤자 개인적인 견해에 불과하고 사실 이쪽은 기영 씨가 전문가라고 할 수 있으니까요. 워낙 생소한 지식이다 보니……. 저한테도 어렵게 느껴지네요."

"고위 마법사의 지력으로도 말입니까?"

"네."

"흠……."

"아, 그러고 보니 기영 씨는 지력에 대해서 제대로 모르시고 계시겠군요. 스탯을 연구할 시간이 없었을 테니까요."

"네. 사실 그렇기는 합니다."

"음……. 기영 씨는 혹시 지력 능력치에 대해서 의문을 느낀 적은 없나요?"

당연히 있다.

"물론 있습니다. 근력이나 체력, 마력 등이 수치화가 가능한 것과 달리 행운이나 지력은 측정하기 어려운 부분이 있으니까요. 사실 저도 지력 스탯이 오르기는 하지만 정확히 뭐가 변화하고 있는지 체감하기 어렵습니다. 일단 연금 지식에 대한 이해력이 올라가고 있다는 건 확신할 수 있습니다만."

"벌써 많이 알고 계시네요."

"솔직히 그것 외에 다른 부분에서 달라진 점은 느낄 수 없습니다."

"저도 확실하지는 않지만 아마 기영 씨 생각이 맞을 거예요. 지력이 올라간다고 해서 천재가 되는 건 아니에요. 그러니까 개인이 가지고 있는 기본적인 사고력에 큰 변화는 없다는 거죠. 없는 지식이 갑자기 생겨나는 건 아니니까요."

"존재하는 이유가 불분명한 스탯이군요. 80대나 70대에 이른 지력을 가지고 있는 사람에게도 해당되는 말입니까?"

"네. 조금 극단적으로 말씀드리면 지력이 90대에 이른 사람이 구구단을 외우지 못할 수도 있어요."

"그건 너무 극단적이군요."

"네. 정말로 극단적인 이야기죠. 그렇지만 그만큼 지력이라는 스탯이 개인의 지능과 상관관계가 없다는 말이에요."

"직업에 대한 이해력 상승이 전부라는 뜻입니까?"

만약에 정말로 그렇다고 한다면 계륵 같은 능력치라는 이야기가 된다. 물론 아예 쓸모가 없진 않겠지만 다른 능력치와 비교하면 한숨이 나올 정도의 효율이라는 거다.

"물론 그뿐만은 아니에요."

"흐음."

"인간 개인이 가지고 있는 지능 전체에 관여하고 있지는 않지만 어느 한쪽에 도움을 주는 건 확실해요. 특히 80을 넘어가는 순간 조금 더 확실하게 느껴지죠."

무슨 이야기를 하고 싶은 건지 느낌이 오기 시작했다.

"지력이 90을 넘어가는 이들은 대부분 한쪽으로 뇌가 발달되는 편이예요. 제 주변의 마법사나 린델 내에 지력 90 이상이 되는 능력자들은 대부분 비상하다고 할 수 있는 능력을 가지고 있었어요. 계산력에 치우쳐져 있는 사람도 있었고 사고력 자체가 말도 안 되게 발달한 사람도 있었죠."

"하."

"창의력, 혹은 병법에 대한 이해력이 눈에 띄게 달라졌다는 사람도 있었고요. 저 같은 경우에는 암기력이 전과는 비교도 할 수 없을 정도로 올라갔어요."

"그렇군요."

"어렸을 때부터 기억력이 좋다는 소리는 많이 들었지만 지력 능력치가 90이 된 순간 제가 생각해도 이해할 수 없을 정도로 머리가 좋아진 느낌이 들더라고요. 물론 다른 부분에서는 크게 변화가 없었지만요. 우리끼리의 단순한 추측에 불과

하지만 아마 뇌가 발달되어 있는 부분의 효율을 극대화시키는 것은 아닐까 내다보고 있어요."

"그거…… 정말로 흥미로운 이야기군요."

"네. 그렇죠?"

"제가 가지고 있는 특성 중, 초기억력이라는 특성은 지력이 90을 넘은 이후에 얻은 특성이에요. 다른 분들도 다들 비슷한 상황이시고요. 제가 보기에는 기영 씨도 뭔가를 얻으실 수도 있겠네요. 연애에 뛰어나시니 연애 쪽으로 발달하시려나? 후후후."

"그건 사양하겠습니다."

아예 희망이 없는 편에 서 있는 나에게는 무척이나 반가운 소리였다. 지력 능력치에 뭔가가 있을 거라고 생각은 했지만 어느 한쪽으로 발달하는 거라고는 생각하지 못했다.

만약 정말로 그녀의 말이 맞다면 90이란 수치가 가능한 나 역시 뭔가 한쪽으로 발달된 뇌를 갖게 될 것이다.

'뭘까.'

개인에 따른 특성 차이는 있겠지만 어렸을 적부터 기억력이 좋다는 이야기를 들은 황정연이 얻은 특성은 초기억력.

아주 어렸을 때부터 내가 무슨 소리를 들어왔는지 떠올려 보자 고개를 저을 수밖에 없었다.

'잔머리 하나는 기가 막힌 놈이라니까.'

'허, 꼬마가 영악하기도 하지.'

정도가 전부.

잔머리 같은 쪽으로도 발전할 수 있는지 모르겠지만 만약에 90을 넘은 뒤에 얻는 것이 이런 쪽이라면 조금은 씁쓸해질 거라고 생각했다.

미래를 생각하면 여러 가지 가능성을 시험해 보는 것이 맞으리라. 아니, 어쩌면 그게 나을 수도 있다.

황정연이 농담으로 던진 말처럼 연애 쪽으로 발달된 능력을 얻게 된다면 그거야말로 정말 최악의 상황이다.

'그딴 걸 어디다가 써먹어.'

"특성이란 건 지력 90의 능력자 모두가 받는 겁니까?"

"그렇지는 않아요. 그렇지만 본인이 가지고 있는 특성 외에 하나 더 얻는 것이나 다름없죠. 굳이 시스템상으로 표현되지 않을 뿐이지만요."

"여러 가지 말씀 감사드립니다."

"아뇨. 아뇨. 어차피 알게 되실 사실인데요. 먼저 안다고 해서 달라지는 것도 없을 테고요. 다만 높은 지능을 가지고 있는 이들도 생소한 지식에 대한 이해력은 부족할 수도 있다는 걸 말씀드린 거랍니다. 후후. 그보다 확실히 진전이 있는 게 느껴지는데요?"

"아직은 걸음마 수준입니다. 이 마법 자체를 이해하는 게 목적이 아닌데도 불구하고 아직까지 매달리고 있으니까요."

"시작이 반인 법이죠. 혹시나 제가 도와드릴 게 있으면 꼭 말씀해 주세요."

"그럼 사양하지 않겠습니다."

거절할 명분도, 이유도 없다.

그렇지만 이유 없는 호의는 없다는 걸 그 누구보다도 잘 알고 있다.

"답례라고 하기에는 뭐하지만 혹시 저도 도와드릴 일이 있다면 언제든지 말씀해 주시기 바랍니다."

"아. 도움을 바라고 하는 일은 아닌데……."

"사양하지 않으셔도 됩니다."

"그, 그렇다면……."

"네."

꽤나 덥석 문다.

'당연하겠지.'

같은 길드라고는 하지만 단순한 호의에서 비롯된 행동이라고 하기에는 너무 많은 것을 도와줬다. 우연히 만난 것처럼 가장하기는 했지만 처음부터 어느 정도 목적이 있었다는 이야기.

이쪽이 감당할 수 없는 부탁을 할 것 같은 느낌에 괜스레 테이블을 두드렸을 때 황정연의 목소리가 들려왔다.

"혹시……."

"네. 말씀하셔도 됩니다."

"혹시 일이 끝난 이후에 박덕구라는 분 좀 소개시켜 주실 수 있을까요?"

감당할 수 없는 부탁처럼 들린 것은 분명 착각이 아니리라.

'정말로 연애 박사였나?'

"……."

"그냥 한 번만 자리를 만들어 주셨으면 조, 좋겠어요. 사실 정말 이런 걸 바란 건 아닌데. 굳이 말씀해 보라고 하셔서……."

정말로 바라는 것처럼 보이는 것 역시 분명 착각이 아니리라.

솔직한 심정으로는 두 사람 사이에 관여하기 싫지만 말 한 마디 하는 것으로 이 정도의 조수를 얻는다는 것은 무척 아름다운 이야기.

그렇지만 이유를 듣고 싶은 것이 당연. 박덕구가 걱정되는 것이 아닌 순수한 호기심이었다.

"언제부터……."

"따, 딱히 이유가 있다기보다는 그저…… 박덕구 님의 모습이 기억 속에서 떠나질 않아서요."

가지고 있는 특성 때문은 아닐까.

"식당에서 우연히 마주친 적이 있었는데 무심한 듯 저를 쳐다보는 눈이…… 이상하게 뇌리에 박혀서……."

'옴므파탈이야 뭐야.'

녀석이 가지고 있는 뜻밖의 성질에는 조금 당황스러울 지경. 아니, 이 여자는 애초에 덩치가 크고 푸근한 사람이 취향이라고 했으니 박덕구에게 꽂히는 것도 이해가 가기는 하지만 그럼에도 눈빛 한 방에 무너졌다는 말을 믿을 수 없었다.

객관적으로 보면 황정연은 미인이다. 뭔가 묘하게 차분한 분위기는 현모양처 같은 느낌을 준다.

한쪽으로 묶어 어깨로 넘긴 머리도 그렇고 엷은 미소가 어울리는 외모도 그렇다. 소중한 덕구를 비하하는 것은 아니지만 인종 자체가 다르다고 느껴질 정도다.

90의 지력 능력치를 가지고 있는 여자를 함락시키는 데 걸리는 시간은 고작 10초 남짓.

정하얀을 이쪽으로 끌어들이기 위해 며칠을 허비했던 나와는 사뭇 다른 결과물이었다.

조금 당황스럽기는 했지만 승낙하는 것이 당연한 선택이다.

"자리를 만들어 드리는 것 정도라면."

"아, 추가로 좋은 사람이라든지. 아니면 믿을 수 있는 사람이라든지 잘 맞을 것 같다…… 이런 식으로 바람이라도 조금 잡아주시면……."

"……."

"열심히 도와드릴게요. 하시는 연구에 방해가 되지 않도록 최선을 다해서.”

“네. 그 옵션도 넣기로 하지요. 대신 여러 가지로 할 일이 많으실 겁니다.”

“감사합니다.”

몇 마디 하는 것 정도로 무척이나 유능한 조수를 얻었다.

둘이 연인이 되는 여부는 이쪽과 상관없는 이야기지만 어쩌면 확률이 높을 수도 있다고 생각했다.

만약 내가 저 여자에 대해서 어느 정도 좋은 평가를 쏟아 낸다면 나를 전적으로 신뢰하고 있는 덕구 녀석에게 점수를 먹고 들어가는 셈.

그렇게 생각하니 이 기묘한 거래가 합리적으로 느껴졌다.

어찌됐든 이쪽에 나쁜 영향을 주지는 않을 것이다.

오히려 연구에만 집중할 수 있어 더욱더 좋다는 생각이 들 정도였다.

“그럼 시작해 보죠, 박사님.”

“그렇게 합시다, 조수”

그렇게 나는 뜻밖의 조력자와 본격적인 연구에 들어갈 수 있었다.

그 뒤로 시간이 아주 조금 흘렀다.

“알아낸 건 있어요?”

"아직이요. 그렇지만 보이는 게 없는 건 아닙니다."

내 목적은 어디까지나 정하얀의 연구 결과물을 재정립하는 데 있다. 무언가 새로운 이론을 만들거나 혁명적인 뭔가를 하려는 게 아니다.

가장 중요한 것은 능력치 상승과 전직.

능력치 상승은 연구 초반에는 순조로웠지만 후반에 다다를수록 그 속도가 무척이나 더뎌졌다. 이전처럼 촉매를 쏟아붓는 방식이 효율을 잃기 시작한 것이다.

"어떤 의미로 말씀하시는 건가요?"

"예전에 황정연 씨가 봤던 것 정도가 전부입니다. 말씀드렸다시피 저는 연금술로도 촉매에 마법을 압축하여 유지시킬 수 있는지 연구하고 있습니다. 그리고 유전 정보 값을 활용하는 방안이 있는가. 정도가 더해질까요."

"아아아아."

"주문의 구성이나 설계가 보이기 시작했다는 게 맞는 표현이겠네요. 이쪽에 그렇게 쓸모 있는 정보는 아니지만요. 어째서 정연 씨가 하얀이를 천재라고 했는지도 이해가 갑니다."

내가 이해할 수 없었을 때에는 말도 안 된다고 생각했던 것들이 하나둘씩 눈에 들어오기 시작한 것이다.

어째서 정하얀이 천재라고 불리는지, 나에게 걸려 있는 마법이 어째서 논문으로 쓸 수 있을 정도로 대단한 건지, 촉매에 저장되어 있는 마법이 어째서 일대 학파를 만들 수 있을 정도로 가능성을 지닌 건지에 대해 이해하기 시작한 것이다.

'독특해.'

마력을 배열하는 방식, 마력의 탑을 쌓는 순서와 그 방식이 무척이나 세련됐다.

기억력을 발달시키고 있는 황정연의 지력과는 달리 정하얀의 지력은 두말할 필요도 없이 마법을 다루는 쪽으로 발달되어 있고 지금도 진행 중일 것이다.

단순히 완성된 마법을 자세히 보는 것만으로도 그걸 느낄 수 있다.

'천재.'

어째서 김현성이 정하얀에게 집착했는지 그 이유를 다시 한번 깨달을 수 있었다.

당연하지만 연구는 계속됐다. 막히는 게 있으면 잠을 자지 않는 날이 잦아졌고 밥을 거르는 일도 마찬가지였다.

물론 내 실험을 돕는 황정연 역시 마찬가지. 사실상 그녀가 하는 일은 그렇게 많지 않았지만, 그래도 내가 어려워하는 마법적 장치에 대해 해설해 주는 것만으로도 충분했다.

[지력이 1 올라갑니다.]

[지력이 1 올라갑니다.]

아주 조금씩이지만 그래도 지능이 오르고 있다.

천천히 울리는 알림이 기분 좋게 들려온다.

지력 수치가 막 50대를 돌파했을 시점에는 지력이 올라가는 메커니즘을 어느 정도 이해할 수 있었다.

첫 번째는 새로운 지식을 습득하거나 이해할 때.

두 번째는 심도 깊은 사고였다.

머릿속으로 상상하고 실험하며 이론을 재정립하고 책을 읽는다.

그 모든 과정이 지력을 올리는 것에 도움이 된다.

박덕구가 근력을 올리기 위해 웨이트 트레이닝을 하는 것처럼, 나 역시 뇌를 살찌우기 위해 마구잡이로 양식을 집어넣은 것이다.

"오랜만에 방 청소 좀 할게요. 기영 씨."

"네. 부탁드리겠습니다. 제 근처는 치우지 말아주세요. 아직 정리하지 않은 자료들이 있어서요."

"물론이죠. 그보다 잠 좀 주무시는 게 어때요?"

"아뇨. 흐름이 끊기니까요."

당연하지만 방도 어수선해졌다.

내가 정리한 자료들과 이론서가 계속해서 쌓이기 시작했고 심지어는 움직일 공간이 부족하게 느껴질 정도였다. 침대를 중심으로 모든 자료가 나열해 있는 것은 제법 재미있는 장면이었지만 공부가 재밌지는 않았다.

'지겨워.'

확실히 지겹다.

계속해서 문을 두드리고는 있지만 도무지 열릴 기미가 없다. 자연스럽게 스트레스가 쌓이기 시작했다.

그렇지만 이를 악물고 할 수밖에 없는 게 당연하다. 지금 이 순간에도 김현성과 함께 사냥을 나가고 있는 파티원들은 발전하고 있을 테니까.

도태되면 버려진다.

김현성이 나를 버린다는 의미가 아니다. 파티의 수준을 따라가지 못하게 되면 함께 다닐 수 없는 것은 너무나도 당연한 일이다.

단순한 포션 공장으로 전락하기 싫다는 게 솔직한 심정이다.

억지로라도 침대에 붙어 있을 수밖에 없었다.

"저기요, 기영 씨. 마법을 어떻게 연성진으로 풀어나가시는 거예요?"

"아, 사람마다 주문을 외우는 방식이 다릅니다만 최소한 저는 탑을 만드는 방식으로 주문을 외우곤 합니다. 하얀이 같은 경우에는 정밀하게 돌아가는 시계를 만드는 방식인 듯한데, 부품들을 전부 빼내서 한곳에 비치하는 느낌이라고 하면 이해하실까요."

"무슨 말씀인지 알 것 같아요."

"제 마법을 푸는 것보다 사실 더 복잡합니다. 다른 건 몰라도 유전 정보 값을 일치시키는 부분이 가장 어려운 부분인 것 같습니다."

"주문을 해석하는 것만으로도 이미 힘에 부치는데…… 연성진으로 변환해야 한다는 것도 스트레스 받으시겠네요."

"네. 그렇지만 단순한 작업이니만큼 시간만 들이면 되는 일이니까요."

이제 막 원을 그린 단계지만 확실히 차도가 있다. 그럼에도 조급해지는 것이 사실이다. 성과가 아예 없는 것은 아니지만 내가 처한 상황 때문이리라.

그렇게 한 달이 어영부영 지났다.

다행히 김현성 파티는 아직 돌아오지 않았다.

'고통 받고 있겠지.'

틀림없이 그럴 것이다.

가져간 소모품도 쓸모없는 것이 대부분이라 식량이라든지 부족한 게 많을 테고 떠날 때 분위기도 엉망이었다.

정하얀은 매일 밤을 눈물로 지새울 것이고 김현성의 명령

이 없는 김예리는 엉뚱한 화살을 날리고 있을 것이다.

박덕구는 어쩌면 예전처럼 겁쟁이로 돌아갔을지도 모른다.

선희영은 그나마 정상적으로 움직이겠지만 주도적으로 파티를 이끌어나가는 것을 부담스러워하는 만큼 전체적으로 파티가 길을 잃은 것처럼 느껴질 것이다.

나만 힘든 시간을 보내는 게 아니라고 생각하니 조금은 기분이 나아졌다.

그리고 시간이 조금 더 흘렀다. 아주 조금이었다. 이쯤 되니 정하얀의 마법을 대부분 이해할 수 있었고 지력 능력치가 60에 가까워졌다.

개인적으로는 무척 만족할 만한 성과였다.

"성과가 있기는 있네요."

"네. 실제로도 지력 능력치는 올랐으니까요. 사실상 목표로 했던 수치에는 거의 도달했습니다."

"축하드려요. 오늘은 조금 쉬시는 게 어때요?"

"아뇨. 최소한 마무리는 하고 쉬는 게 좋을 것 같습니다."

나만 싸우고 있는 것이 아니라고 생각하고 있는 만큼 쉴 수 있을 리가 없다. 밤낮을 구분하지 않고 생활하게 됐을 때는 조금 더 근본적인 질문을 나 자신에게 던질 수 있었다.

마법 안에 숨겨진 진리에 대한 질문이 아니다.

내가 목표로 했던 전직에 대한 질문이었다.

'정하얀은 어떻게 경험치를 쌓지 않고 다음 단계를 밟을 수 있었지?'

이미 정답을 알고 있다.

'이해한 거야.'

정하얀은 사냥을 한 번도 거치지 않았는데도 직업을 얻었다. 정하얀에게 물어보지는 않았지만 아마 그녀가 마법이라는 것에 대해 깨달았기 때문이리라.

이 학문을 이해하고 실행에 옮길 수 있었기 때문이다.

말하자면 작은 진리에 도달한 셈.

나 역시 같다.

'이해해야 해.'

분석하고 서술하고 자료를 정리하는 것 이외에도 지금 내가 머릿속으로 그리고 있는 것을 전부 이해할 수 있어야 한다.

이 길이 맞고 이 방향이 맞다.

이후에는 끊임없이 스스로에게 질문을 던졌던 걸로 기억.

'어째서?'보다는 '왜?'에 조금 더 집착하기 시작했다.

결과보다는 보이지 않는 진리에 손을 뻗었다. 상상하고 실험에 옮기고 실패한 이유를 찾으려고 했다.

실험은 어렵지 않았다. 무척이나 유능한 조수가 곁에 있었으니까.

"살이 조금 빠졌네요."

"그래도 나쁘지 않은 기분입니다."

한 꺼풀 벗었다느니 진리에 도달했다느니 그런 거창한 것은 없다.

집착하고 있는 것은 그저 왜.

거창한 정답을 원한 것도 아니다. 아주 작은 조각 하나면 족했다.

유전 형질의 변화, 정보 값, 마력이라는 것은 개체에 어떤 영향을 끼치는가, 마력으로 변질된 개체는 완전한가? 우리가 흔히 알고 있는 실타래 같이 꼬인 DNA, 어떤 몬스터에게는 어떤 바이러스가 치명적인지, 어째서 이 유전자는 이 바이러스를 받아들이지 못하는지에 대한 실험을 멈추지 않았다.

연성진, 마력, 유전, 정보, 작은 조각들 중에 그 어떤 것도 제대로 이해되는 것은 없었지만 한 가지 확실한 것은 있다.

발전하고 있다는 것.

"이번에는 어떤?"

"공포의 정원에서 가져온 촉매들로 부탁드립니다."

뭔가 대단한 것이라고 볼 수 없다.

나는 공부와는 거리가 멀었고 머리가 똑똑한 편도 아니었으니까. 과학자도 아니고 유전자에 대해서는 아는 것도 없었다. 그렇지만 이때 즈음 답을 찾아나가는 과정이 즐겁다고 느껴졌다.

"즐거우신가 봐요."

"그렇지는 않습니다."

[지력이 1 올라갑니다.]

"재미있으시잖아요? 저도 그랬어요."

"아뇨. 솔직히 말하면 지겹습니다."

[지력이 1 올라갑니다.]

"거짓말."

[지력이 1 올라갑니다.]

그리고 눈에 보이지 않을 것 같았던 작은 조각을 손으로 움켜쥐었을 때.

나는, 아주 조금 더 발전할 수 있었다.

[새로운 직업을 발견합니다.]

나름대로 만족할 수 있는 결과물을 가지고 말이다.

"푸핫."

천천히 눈을 떴다. 주변이 무척 시끌벅적했기 때문이다.

어제 직업을 선택한 뒤에 여러 가지를 시험해 보고 그 자리에서 바로 잠들었던 것이 마지막 기억. 아주 오랜만에 깨어난 것처럼 정신이 멍했다.

'얼마나 잔 거야.'

막바지에 이르렀을 때 거의 잠을 자지 않았던 것이 문제. 아직 뒷정리를 하기 전이었기 때문에 내 방이 아닌 연금술 공방에서 잘 수밖에 없었다.

'피곤해.'

잠을 잔 뒤에도 이렇게 피곤할 줄 알았더라면 차라리 뒷정리를 하고 자는 게 나을 뻔했다. 정하얀이 선물해 준 침대는 피로를 푸는 데 특효약이었으니까.

자연스럽게 고개를 돌리니 시야에 비치는 것은 소파 한쪽에 그대로 뻗어 있는 황정연.

'피곤했겠지.'

이쪽의 일정을 무리하게 따라오기 위해서 노력한 그녀도 일을 끝마친 이후에 그대로 잠이 들었던 것.

조금 조심성이 없는 상태로 누워 있기는 했지만 이상한 생각 따위는 들지 않았다. 그만큼 나에 대한 경계심이 허물어졌다는 증거이니 오히려 기뻐할 일이리라.

신뢰할 수 있는 사람은 많으면 많을수록 좋다.

잠을 깨운 목소리가 다시 한번 들려온 것은 바로 그때였다.

"아이고. 우리 형님도 꽤나 힘들었던 모양이요. 2층 전체가 아주 난리네, 난리야. 거, 누님! 뛰어가면 넘어집니다. 희연 누님도 뭐라고 좀 해보쇼."

"……."

"일단은 짐을 정리하도록 하겠습니다. 희연 씨랑 하얀 씨는……."

"네. 네."

무슨 소리인지는 뻔한 일. 밖으로 원정을 나갔던 파티원들이 돌아온 것이다. 나도 모르게 입꼬리가 올라간 것도 잠시. 소파에 그대로 뻗어 있는 황정연을 보자 정신이 멍해지기 시작했다.

'망했다.'

2층 계단 쪽에서 달려오는 소리가 들렸다. 무척이나 빠른 속도. 누구의 발소리인지는 뻔하다.

'정하얀.'

신체적 접촉이 없었다고는 해도 한 방에 여자가 함께 있다는 것을 달가워할 리 없다. 박덕구와의 운명적인 재회가 예정되어 있는 황정연에게도 반가운 상황은 아닐 것이다.

"오빠. 오빠."

연금공방에 있을 거라고 생각했는지 곧바로 문들 두드리는 정하얀의 목소리가 들려왔다. 아니, 위치 추적 마법을 걸어놨으니 내가 이쪽에 있다는 정보 정도는 알고 있을 터.

계속해서 문을 두드리는 소리 때문인지 마치 공포 영화의 주인공이 된 기분이 들 정도였다.

덜컹!

"오빠, 거기 계시나요? 계신가요?"

덜컹!

"계시죠? 오빠?"

덜컹!

"거, 자고 있기라도 한 거 아니요? 아마 계속 연구 중이셨던 것 같은데. 편하게 잘 수 있도록 시끄럽게 하지 않는 게 좋겠소, 누님. 아직 이른 아침이기도 하고."

'나이스, 박덕구.'

"아니면 형님한테 무슨 일 있는 건 아니겠지⋯⋯. 혹시 쓰러진 건 아니요?"

'이 돼지 새끼가.'

쿵쿵.

문을 두드리는 소리가 계속해서 들려왔다. 괜스레 놀림이라도 받은 것 느낌이었다.

갑자기 들린 큰 소리에 황정연이 잠에서 깬 것은 아주 당연한 수순이리라.

슬그머니 눈을 비빈 그녀가 상황을 파악하는 건 몇 초도 걸리지 않았다. 토끼 눈을 뜨고 이쪽을 바라보고 있는 것을 보니 조금 더 당황스러워진다.

"형님! 거, 주무시고 계신 거요?"

자고 있다면 대답을 할 수 없다는 아주 기본적인 상식을 무시한 질문이었다. 자고 있다고 대답할 수 있었으면 진즉에 그렇게 했을 것이다.

"이거 무슨 일 생긴 거 아니요?"

'무슨 개소리야.'

눈짓으로 창문을 바라보자 황정연이 필사적으로 고개를 끄덕이는 것이 보였다.

"아…… 덕구야. 깜빡 잠이 들어서 지금 일어났다."

"오빠!"

"역시 자고 있었구먼?"

"약속했던 것보다 조금 늦게 왔네. 문은 지금 열어줄게. 기다려."

황정연이 황급히 2층 창문을 향해 발걸음을 옮기는 모습이 보인다. 아니, 애초에 함께 연구 중이었다고 말하는 것도 나쁘지 않을 것 같았지만 괜한 오해는 피하는 것이 좋다. 남녀가 이 시간까지 함께 있었다는 것 자체가 정하얀의 정서에 위배되는 일일 것이다.

"꺅!"

2층에서 뛰어 내리던 황정연이 짧은 비명을 내질렀고 문이 한 번 더 덜컹거렸다.

덜컹, 덜컹, 덜컹.

뭔가 이상함을 감지한 정하얀이 문을 필사적으로 흔들고 있는 중이리라.

혹시라도 방 안에 다른 흔적이 있는 것은 아닌지 살펴본 뒤에 살짝 문을 열자 오랜만에 보는 얼굴들이 시야에 비쳤다.

일단은 박덕구. 순박한 미소를 짓고 있는 놈의 얼굴은 언제 봐도 반갑다. 이유는 모르겠지만 왠지 모르게 눈시울이 붉어져 있는 녀석. 몸 여기저기에 남은 상처를 보니 원정이 쉽지는 않았던 모양이다.

당연하지만 정하얀 역시 반갑기는 마찬가지였다. 짧은 비명에 대한 답을 찾으려는 듯 공방 안을 두리번거렸지만 이내 시선이 내 쪽으로 고정했다.

커다란 눈망울에 눈물이 한가득 고이는 것은 순식간. 찰나의 순간에 눈물이 닭똥처럼 뚝뚝 떨어지는 모습이 조금 비현

실적으로 느껴질 정도다.

다른 수식어는 필요 없다. 저렇게 울 정도로 보고 싶었던 것이다.

사실 나 역시도 비슷한 감정이기는 하다. 정하얀을 오랜만에 보는 것만으로도 기분이 조금 좋아진다.

"끄으어으으윽. 오빠아……."

뒤이어 터져 나온 것은 이상한 울음소리. 조금은 귀엽게 느껴져 나도 모르게 머리를 살짝 쓰다듬었다.

"끄어으그어윽. 오빠아."

"힘들었어?"

"끄으으윽."

고개를 세차게 양 옆으로 돌리는 모습이 눈에 들어왔다. 손바닥으로 어떻게든 눈물을 닦으려고 하지만 닦아질 리가 없다.

그 모습에 살짝 팔을 벌리니 정하얀이 순식간에 이쪽으로 뛰어들어 안겼다. 그러고는 내 가슴에 얼굴을 마구 부빈다.

"보고 싶었어요."

"그래. 나도 보고 싶었어, 하얀아."

반 정도는 진심이다.

머리를 쓸어내리며 앞을 보니 눈인사를 건네는 선희영과 이쪽을 바라보는 김현성도 눈에 들어왔다. 아무래도 당분간은 떨어뜨릴 수 없을 것 같기 때문에 정하얀을 달고 손을 흔드는 것이 최선이었다.

분위기를 보니 완벽하지는 않지만 모두가 나름대로 해답을 찾은 느낌이었다.

'원정은 성공적이야.'

거의 확실할 것이다.

"오랜만입니다, 기영 씨."

"네. 현성 씨. 원정은 괜찮으셨습니까?"

"만족할 만한 정도는 아니지만 그래도 성과를 얻었습니다. 예리는 세 번째 전직이 아니라 두 번째 전직을 하는 게 고작이었지만 희영 씨도, 덕구 씨도, 하얀 씨도 모두 전직을 마쳤습니다. 스탯도 모두 눈에 띄게 올라간 것 같더군요."

"다행입니다."

쉽지는 않았을 것이다. 김현성은 보모 입장으로 따라간 것에 불과했으니까. 한 달 동안 무척 퀭해진 김현성의 얼굴이 눈에 들어왔으니 내 생각이 맞을 것이다.

"기영 씨는 어떠십니까."

"저도 마찬가지입니다. 스탯도 확실히 맞췄고 새로운 직업도 얻었습니다."

"이번에는 어떤?"

"역시 형님도 전직을 했소?"

"그래. 자세한 건 내려가서 설명해 주마."

"아아아."

"사실 제가 어떤 직업을 얻었는지 저도 설명하기 어렵습니다. 직접 보여드리는 게 이해가 빠를 겁니다."

"연금술사의 상위 직업입니까?"

"네. 상태창에서 말하기로는 새롭게 발견된 직업이라고 하더군요."

"기존에 있던 직업이 아니라는 말씀이십니까?"

"아마도 그럴 겁니다."

"그건…… 조금 놀랍군요."

"덕분에 선택의 여지가 없었습니다. 만약 여러 직업이 동시에 떴다면 현성 씨가 올 때까지 결정을 미루려고 했지만 선택지가 없더군요. 그렇지만 후회되지는 않습니다."

"그렇게 말씀하시니 조금 더 궁금해집니다."

정하얀은 아직까지 이쪽에 달라붙어 있어 얼굴을 볼 수 없었지만 박덕구는 무척이나 궁금한 표정이었다.

"크으. 그 영광스러운 순간에 내가 함께 있었어야 하는 건데. 이번에는 형님이 직업을 고르는 데 도움을 드리지 못해 조금 아쉽게 됐소."

"너도 좋아할 거다."

"그게 정말이요?"

김현성은 어떻게 생각할지에 대해서 알 수 없지만 박덕구는 확실히 좋아할 만한 직업이다. 겉으로 보기에는 조금 화려하고 신기해 보일 테니까.

"혼자만의 힘으로 직업을 얻으시다니 정말로 대단하시네요."

"아닙니다. 그보다 희영 씨는 이번이⋯⋯."

"네. 저는 이번이 네 번째 전직이에요."

"그렇군요."

조금 재미있었던 것은 파티의 분위기다.

이전에는 확실히 조금 애매한 분위기였다면 지금은 전체적으로 사이가 좋아 보인다. 새로운 멤버들이 기존 멤버에 잘 섞여 들어온 느낌이었다.

박덕구나 꼬맹이 김예리가 선희영의 눈치를 보는 것 같기도 했지만 정답은 금방 찾을 수 있었다.

'흐음.'

아무래도 나와 김현성 이후의 차선책이 그녀였던 모양. 그나마 스펙이 가장 높은 그녀에게 조금씩 의지하기 시작한 것이 이런 결과를 만들었으리라.

'나쁘진 않아.'

나태하고 쓸모없는 인간들을 때려죽이는 것을 새로운 봉사라고 생각하지만 그녀는 틀림없이 유능하다. 사리분별도 할 줄 안다. 물론 정하얀과는 다르지만 조금 섬뜩한 분위기를 풍기는 것이 사실.

아마 이런 요소들이 그녀를 차선책으로 만드는 것에 기여했으리라.

사실 박덕구가 조금 더 주도적으로 움직여주지는 않을까 기대했지만.

'아직 그 정도는 아닌 건가.'

묘하게 기가 죽어 있는 느낌이다.

아무튼 간에 오랜만에 다시 뭉친 파티의 분위기는 꽤나 화기애애하다. 여러 가지 이야기를 하며 연무장으로 향하는 동안에도 내게 직업을 물어왔고 대충 고개를 끄덕였다.

마치 시연회라도 하는 기분.

사실 무소속일 당시에 다른 길드의 유력 인사들에게 보여준 시연회는 시연회라고 할 수도 없다. 내 장점이나 특성을 살리고 내가 어떤 사람인가를 보여주는 개념이 아니었으니까.

그러나 이번에는 다르다.

나도 내 나름대로의 가치를 인정받아야 한다고 생각한 것이 당연하다. 회귀자와 파티원들에게 내가 더욱 가치 있는 사람이라는 것을 인정받아야 한다.

"제대로 봐주셨으면 합니다. 화력 자체는 나쁘지 않은 것 같지만 효율적인지에 대해서는 아직 제대로 판단할 수가 없어서 말이죠."

"네. 물론입니다."

"하얀아, 잠깐만 떨어져 있을까?"

"아…… 네, 오빠."

천천히 주문을 외우기 시작했다. 준비해 둔 촉매에 마력을 쏟자 곧바로 반응이 오기 시작한다. 내 기준에서도 많은 양은 아니다. 아무래도 마력이 낮으니 이 정도밖에 사용할 수 없다는 것이 맞으리라.

준비물은 두 가지.

여러 마법을 품은 연성진이 그려진 촉매와 주문을 받을 촉매. 같은 정보 값을 가지고 있는 재료, 서로 상호작용을 보여줄 수 있는 재료가 필요하다.

사실 압축하고 또 압축한 연성진을 견뎌낼 수 있는 질에 대한 부분도 중요하지만 그보다 더 중요한 것은 아무래도 정보 값이다.

예를 들면.

'정하얀이 마법을 걸어둔 이빨과 마법을 받는 대상인 나처럼.'

조금 집중력이 흐트러졌지만 마법을 완성하기에는 무리가 없었다.

천천히 주문을 외우기 시작했다.

'성장 촉진.'

간단하면 간단하다고 말할 수 있는 주문이었다. 주문에 맞춰 날아가던 몬스터의 작은 세포가 갑작스레 팽창하기 시작한 것은 그때.

작은 세포가 갑작스레 살덩이로 변모하는 것은 조금 그로테스크한 장면이기는 했지만 확실히 무게감은 있다.

콰지지지직, 쿠직, 까드드드득.

이해할 수 없는 소리들도 들려온다. 뼈가 뒤틀리는 소리 같기도 했고 세포들이 터지는 소리처럼 들리기도 했다. 내게는 익숙한 소리였지만 김예리는 시끄러운지 귀를 막았다.

혹시 저대로 터지는 것은 아닐까 하는 생각이 들던 거대한 살덩이는 결국에는 내가 바란 형태가 되어 갔다.

그곳에서 튀어나온 것은 거대한 괴물의 손.

콰드드드드드득!

굉음이 들려오기도 전에 모두가 설명을 요구하는 눈빛으로 나를 바라보고 있었다.

"허…… 형, 형님……."

"이거…… 어떻게 할 수 있었던 겁니까?"

심지어 김현성조차 말이다.

등 뒤로 알 수 없는 쾌감이 스치고 지나갔다.

"직업의 특성입니다."

"아……."

조금 더 설명이 필요하다는 얼굴들이다. 조금은 불안했던 감정도 잠시였다.

"조금 더 자세하게 설명드리자면 유전 정보 값이 같은 촉매를 활용한 생체 실험의 결과물이라고 말하는 게 맞겠군요."

"거, 무슨 소리지 하나도 모르겠는데……."

"조금만 더 쉽게 풀어주시겠습니까?"

"물론입니다. 여러 가지 마법을 압축해 놓은 리모컨과 반응을 해주는 텔레비전을 떠올리면 이해하기 쉬울 겁니다. 지금 제 손에 들려 있는 것은 리모컨이고 저기서 팽창하고 있는 괴물의 팔이 티비인 셈이죠. 사실 서로 반응할 수 있는 촉매만 있으면 그렇게 어려운 일은 아닙니다. 준비하는 과정이 조금 힘들기는 하지만요."

"아무리 그렇다고는 해도……."

다시 한번 놀랍다는 반응이 터져 나왔다.

저런 표정을 짓는 게 당연할 것이다. 나 역시 처음 결과물을 만들어냈을 때는 놀라는 수준을 넘어 당황할 정도였으니까.

다시 한번 살짝 정보를 바라보자 괜스레 자랑스러워졌다.

내가 만들 결과물이라고 믿기지 않았기 때문이다.

[이름–이기영]

[칭호–용병여왕의 정부]

[나이–25]

[성향–용의주도한 전략가]

[직업–생체연금 소환사–고유 영웅 등급]

[지금까지 발견되지 않은 새로운 종류의 직업입니다. 무구한 역사를 자랑하는 대륙에서도 이러한 연금 방식은 나타나지 않았습니다. 모든 연금술사가 당신의 결과물을 본다면 찬사를 보낼 겁니다. 당신의 놀라운 업적의 영향으로 직업의 등급을 고유 영웅 등급으로 상향 조정합니다. 지력이 4 오릅니다. 마력이 3 오릅니다. 만들어낸 생체연금의 결과물을 소환수로 판정합니다. 소환수에 대한 미약한 통제권을 부여합니다.]

[직업효과–기초 마법 지식 습득]

[직업효과–기초 연금 지식 습득]

[직업효과–중급 연금 지식 습득]

[직업효과–특수 소환 지식 습득]

[능력치]

[근력–20/성장한계치 일반 이하]

[민첩–21/성장한계치 일반 이하]

[체력–25/성장한계치 일반 이하]

[지력—64/성장한계치 영웅 이상]

[내구—20/성장한계치 일반 이하]

[행운—45/성장한계치 영웅 이상]

[마력—15/성장한계치 일반 이하]

[장비]

[라무스 터커의 연금학개론—영웅 등급—연금술사 전용]

[마력 방패의 반지—희귀 등급]

[특성—마음의 눈]

[총평—어떻게든 최악의 상황을 면하려는 노력은 가상합니다만 너무 발버둥치는 것도 좋지 않습니다. 아무리 노력해도 최악의 상황이라는 것은 변함이 없으니까요. 그것과는 별개로 당신의 노력에는 찬사를 보냅니다. 한계가 찾아올 때까지 있는 힘껏 발악해 보도록 하세요.]

그동안 능력치가 전체적으로 많이 올랐고 직업 효과로 특수 소환 지식을 얻었다.

사실 얻었다는 표현도 이상하다. 내가 정립한 이론으로 내가 만든 지식이었으니 말이다.

눈에 띄는 것은 고유 영웅이라는 직업 등급. 모두가 궁금해하는 표정이었기 때문에 살짝 웃으면 입을 열었다.

"직업의 이름은 생체연금 소환사이며 직업의 등급은 고유 영웅 등급입니다."

"아."

"고유 영웅 등급 말이요?"

"그래."

왠지 모르게 조금 기가 죽은 박덕구의 얼굴. 정보를 확인한 뒤에는 어째서 녀석이 저런 표정을 하는지 눈치챌 수 있었다.

'희귀?'

박덕구를 제외한 전원이 영웅 등급의 직업을 얻은 것이 눈에 들어왔기 때문이다.

심지어 꼬맹이인 김예리 역시 겨우 두 번째 전직 만에 영웅 등급, 보통 네 번째나 다섯 번째에 영웅 등급의 직업을 얻는 게 일반적이라는 걸 생각해 보면 터무니없이 빠르다.

뭔가 열등감을 느끼고 있는 것 같지만 박덕구의 멘탈을 케어해 주는 것은 이후라도 괜찮을 거라 생각했다.

일단은 팀원들의 궁금증을 해결해 주는 게 더 중요하니까.

"고유 영웅 등급이라니……. 대단하시네요, 기영 씨."

"희귀나 영웅, 전설 이외에 다른 등급이 있다는 건 처음 알았습니다."

"아마도 그 직업을 가질 수 있는 이가 기영 씨뿐이라는 말일 겁니다. 도시 내에도 고유 등급 판정을 받은 모험가들이 소수나마 있습니다. 그들 역시 기영 씨와 마찬가지로 새로운 뭔가를 발견했을 때 고유 등급의 직업을 얻었습니다만…… 후발주자가 똑같은 행동이나 결과물을 만들어도 같은 직업을 부여받지는 못한다고 하더군요."

"아."

"쉽게 말하면 양산이 불가능한 직업군이라는 말이 됩니다."

'좋은데?'

특별하다는 것은 장점이 된다. 몸값을 미친 듯이 올릴 수 있는 장점 말이다.

살짝 김현성을 바라보니 조금은 흥분한 듯 이야기를 쏟아내는 녀석의 얼굴이 시야에 비쳤다. 도시를 돌아다니며 마음의 눈을 켜 사람들의 정보를 확인해 봤지만 아직까지 고유 영웅 등급 판정을 받은 직업을 본 적이 없었다.

내가 모르는 것을 알고 있을 수도 있겠지만 만약에 그게 아니라면 김현성은 지금 미래에 있을 정보를 풀어주고 있는 것이다.

"어느 한쪽으로 특화되어 있기 때문에 단점은 틀림없이 존재하지만 장점도 충분할 것 같군요. 저는 물약이나 호문클로스 쪽으로 성장 방향을 결정하지 않을까 생각했었지만……."

"사실 호문클로스 쪽으로 더 공부하면 어떨까 생각해 봤지만 아직은 지력이 낮아서 그런지 이해가 안 되어서 말입니다. 키메라 쪽은 파고들만 하다고 생각했지만 만들어진 키메라에 대한 통제권이 문제라고 생각했습니다. 정신지배를 유지할 수 있는 기술이나 마력이 없어서 말입니다.”

“아…….”

“만약에 키메라 전체를 통제하지 못한다면 일부를 통제하면 어떨까, 생각해 보니 답이 금방 나오더군요. 아, 일단 저건 치우고 이야기하겠습니다.”

다시 주문을 외우자 팽창한 괴물의 팔이 다시 축소되기 시작했다.

모든 마법의 효과를 되돌리는 정하얀의 리버스 주문 개정판이었다.

“일단 방금 보신 것은 소환수가 아닙니다. 처음에는 생명체라고도 할 수도 없었던 것은 물론 자기 의지를 가지고 있지도 않았습니다. 다만 전직 이후에는 감사하게도 소환수로 판정하더군요.”

“그렇군요.”

대단해 보이긴 하지만 사실 단점이 없는 것은 아니다.

첫 번째로 재료의 질이 무척이나 중요하다는 것. 여러 가지 마법이 들어간 연성진을 우겨넣을 수 있을 정도로 품질이 좋아야 했다. 소모품으로 쓰기 힘든 것을 소모품으로 사용해야 한다는 이야기. 최소 희귀 등급 이상의 촉매들을 사용해야 한다.

두 번째는 유지 시간이 길지 못하다는 것. 계속해서 주인의 곁에 머물러 주는 여러 소환수와 달리 내가 소환한 생체연금의 결과물은 그 유지 시간이 무척이나 짧다. 몸 전체를 연성하지 못한다는 것도 문제다.

이후에는 어떻게 될지 알 수 없지만 지금으로서는 일부만 소환하는 것이 한계다.

마법이지만 공격 자체는 물리계열로 판정되는 것도 단점이라고 할 수 있는 부분이다.

이후에 다른 몬스터의 촉매를 발견하면 다른 수가 생길 수가 있겠지만 일단 내가 파악하기로는 이 정도가 전부다.

내 판단보다 중요한 것은 김현성의 생각이다.

새롭게 얻은 직업과 능력이 앞으로의 여정에 도움이 되는가, 되지 않는가가 제일 중요하다.

총평을 내려달라는 듯이 살짝 김현성을 바라보자 녀석이 고개를 끄덕이며 입을 열었다.

"수고하셨습니다."

"아."

"잘해내실 수 있으실 거라고 생각했지만 제가 상상한 것 이상의 결과물이군요."

“감사합니다.”

“아직 조금 더 알아봐야겠습니다만.”

일단은 만족스럽다는 이야기. 괜스레 기분이 좋아진다.

김현성뿐만이 아니다. 처음 능력을 시연할 때도 같았지만 파티원들은 전체적으로 무척 놀랐다는 표정이다. 여기저기에서 축하한다는 목소리가 들려와서 괜스레 기분이 좋아졌다.

“역시 형님은 뭔가 해낼 줄 알았소. 크으. 완전 멋있습니다, 형님.”

“고맙다, 덕구야.”

“축하.”

심지어는 김예리 역시 조그맣게 입을 벌렸다. 목소리를 제대로 듣는 것은 처음이다. 슬쩍 머리를 쓰다듬으려고 팔을 올려봤지만 김현성 뒤로 후다닥 숨는 바람에 헛손질을 해버렸다.

천천히 주변을 둘러보던 바로 그때였다. 정하얀의 얼굴이 시야에 들어온 것이다. 뭔가 불안해하는 표정. 내가 김예리를 향해 손을 뻗었기 때문이 아니다.

‘들켰다고 생각하고 있는 건가.’

내가 보여준 연금술의 메커니즘이 자신이 걸었던 마법 방식과 굉장히 유사하기 때문인지, 얼굴 한쪽이 파르르 떨리고 있었다.

혹시라도 내가 자신의 마법을 발견한 것은 아닌가에 대해 걱정하고 있는 것이 틀림없다.

사실 정하얀의 행동은 어느 정도 브레이크를 걸어줘야 하겠다고 생각을 하기는 했지만 적절한 타이밍이 아니었기에 일단은 말을 아꼈다.

"하얀아."

"아…… 네, 오빠."

손을 꽉 잡아주니 뭔가 진정하는 느낌. 뭔가 죄책감을 느끼고 있는 것 같은 얼굴이 보였기 때문에 내 선택이 틀리지 않았다는 걸 깨달았다.

'스스로 느끼게 만들어야 해.'

자신이 저지르고 있는 행동이 잘못되었다는 것을 깨닫게 하는 게 베스트. 아직까지 성향이 변하지 않았으니 쿡쿡 찔리게만 만들어줘도 이런 행동을 자제할 거라고 생각했다.

"그럼 아침이라도 먹으면서 이야기를 나누는 게 좋겠군요. 기영 씨 역시 저희가 뭘 얻었는지 알아야 하니까요."

'굳이 안 알려줘도 되지만…….'

자신들의 입으로 설명하는 게 조금 더 편하다.

"원정이 만족스러웠나 보군요."

"사실 꼭 그렇지만도 않습니다. 사실 처음에는 다시 되돌아가야 하나 싶을 정도로 힘들었습니다만."

"자세한 이야기가 듣고 싶군요."

김현성이 말을 꺼내자 슬쩍 주변이 조용해졌다. 얼마나 개판을 쳤는지는 알 수 없지만 조용한 분위기를 보니 내가 상상 이상이라는 것을 금방 깨달을 수 있었다.

"희귀 등급의 던전에 들어갔다 나왔습니다. 처음 던전에 진입하고 출발하기 전까지 3일이 걸렸습니다."

"네?"

"하얀 씨의 몸 상태가 좋지 않아서……."

"아."

고개를 푹 숙이는 정하얀의 얼굴이 눈에 들어온다.

몸 상태가 좋지 않았다는 말로 어떻게든 포장하기는 했지만 무슨 일이 있었을지 대충 예상이 간다.

이곳을 떠나는 그 순간까지 밥도 제대로 먹지 않고 식음을 전폐하다시피 했으니 몸 상태가 말이 아니었던 것은 기본 옵션. 아마 던전 내에서는 울고불고 난리가 났을 거라고 생각했다.

'그래서 늦었구나.'

김현성이 이야기하는 삼 일이란 아마 정하얀의 멘탈을 다듬어 주는 시간이었을 것이다.

"덕구 씨 역시 적응하는 데 오래 걸렸습니다. 이전에 보여 줬던 모습 외에도 다른 모습을 많이 볼 수 있었죠. 예리 역시 마찬가지였습니다. 경험이 적다고는 하지만 이상한 돌발 행동을 해서 파티를 혼란스럽게 했죠. 아마 희영 씨가 없었다면 더욱더 힘들었을 겁니다."

"……."

"……."

'들으라는 것처럼 말하는데.'

"호흡도 엉망진창이었습니다. 제가 개입하지 않았더라면 아마 전멸할 수도 있었을 겁니다. 전방에게 화살을 쏘는 후위, 겁을 집어먹은 전위 때문에 후위가 위험해진 적도 많았죠."

"끄응."

"언제 전멸해도 이상하지 않을 분위기였습니다."

아니, 정확히 말하면 저들에게 들으라는 소리가 아니라 나에게 그동안의 고충을 이야기하고 싶은 것 같다.

'…….'

마치 자식의 나쁜 행동을 배우자에게 이야기하는 우리네 아버지나 어머니의 모습을 보는 느낌. 아니나 다를까. 박덕구나 정하얀의 고개가 더욱더 푹 숙여지기 시작했다.

"그렇지만 가면 갈수록 자리를 잡아가더군요. 결과도 나쁘지 않았고요."

"네."

"저희 역시 모두 60의 능력치를 이뤘고, 영웅 등급의 직업을 얻는 것에 성공했습니다.”

“아…….”

“조금 더 자세한 건 안에 들어가서 말씀드리겠습니다.”

‘모두?’

김현성의 말이 조금 이상하다고 깨닫기까지는 그리 오래 걸리지 않았다. 내 눈으로 확인한 덕구 녀석의 직업 등급은 틀림없이 희귀 등급이었기 때문이다.

‘이 돼지가…….’

어째서 박덕구가 거짓말을 했는지는 대충 이해할 수 있었다.

아마 원정 중에 하나둘씩 새로운 직업을 얻어가는 과정에서 김현성이나 선희영에게 상담 아닌 상담을 했을 것이고 모두가 영웅 등급의 직업을 얻었다고 말했을 가능성이 크다.

원정 중에 얼마나 형편없는 모습을 보여줬는지에 대해서는 알 수 없지만 나름대로 열등감을 느끼고 있었던 것이 분명.

특히나 천재로 분류할 수 있는 김예리의 존재는 박덕구에게 꽤나 충격적으로 다가왔을 거라고 생각했다.

‘잠재 능력 전설 이상.’

그건 단순히 능력치에서만 국한되지 않는다.

혹시라도 마음의 눈의 등급이 상승하면 더 자세히 알 수 있겠지만 굳이 보지 않아도 김예리가 가진 포텐이 엄청난 거야

분명한 사실이다.

공포의 정원에서 좋은 모습을 보였던 것을 생각해 보면 아마 이번 던전에서도 내가 상상할 수 없을 정도로 성장했으리라.

박덕구는 그런 천재들을 바로 옆에서 본 것이다.

천재라는 것은 원래 인종이 다른 종류의 인간이다. 수십 년 동안 노력한 것들을 아무렇지도 않게 해버리는 종류의 인간들. 긴 세월을 살아온 것은 아니지만 천재라고 불리는 종류의 인간들을 많이 봐왔다.

'지구에서뿐만이 아니라.'

여기에서도 마찬가지.

일반인의 상식으로는 이해할 수 없는 능력을 가진 이들이 당장 주변에 깔려 있다.

아무렇지도 않게 고위 마법을 쏟아내고 내가 이해할 수 없을 정도의 마법을 구사하는 정하얀.

아직까지 도드라진 모습은 보여주지 못했지만 전설 이상의 신성 능력을 잠재하고 있는 것은 물론, 특유의 침착함으로 파티의 중심을 잡아주는 선희영.

김현성이 빈민촌에서 직접 가서 데리고 온 김예리와 천재라는 수식어마저도 부족한 것처럼 느껴지는 회귀자까지.

'…….'

사실 말도 안 되는 라인업이라고 볼 수 있다.

파티원 한 명, 한 명의 수준이 감히 천재라고 말할 수 있는 파티가 바로 7번대 김현성 파티다.

물론 박덕구도 충분히 상위로 올라갈 수 있지만 아무래도 원정 중에 느끼는 것이 많았을 거라고 생각했다.

'괴물.'

실제로 황정연도 정하얀을 보고 자괴감을 느낀다고 말할 정도였으니까.

아무리 그렇다고는 해도 녀석의 이런 선택은 꽤나 의외였다. 박덕구의 성격을 생각해 보면 뭔가 궁지에 몰린 상황에서 자신도 모르게 허겁지겁 거짓말을 했다고 예상하는 게 맞겠지만 거짓말보다는 놈의 멘탈이 조금 더 걱정됐다.

내가 고유 영웅 등급의 직업을 얻고 난 이후에 조금 측은해 보였던 이유도 파티에서 자신만 뒤처지고 있다고 느꼈던 탓이리라.

"이번에 얻은 직업은 대마법사예요."

"그래?"

"네. 마력도 많이 올려주고 모든 속성에 대한 친화력을 올려줘요. 원소 마법뿐만이 아니라 다른 종류의 마법도 전부 다요. 헤헤. 마법도 더 효율적으로 쓸 수 있고 고급 마법 지식도 들어왔어요. 아직은 그렇게 대단하다고는 할 수 없지만."

"잘됐네."

"아, 또 마력 능력치는 69가 됐어요!"

"대단하네, 우리 하얀이. 생각보다 많이 올랐는데?"

"지력도 62예요."

"대단하네."

"현성 씨가 그러는데 능력치가 70까지는 잘 오른다고 하더라고요. 희영 언니가 사냥을 많이 나가지 않는데도 능력치가 높았던 것처럼요."

'그건 아마 너희 같은 사람한테만 해당되는 이야기일 거다.'

실제로 나와 박덕구의 주요 능력치는 60대 초반에 안착해 있다.

자신이 얼마나 성장했는지 이야기를 쏟아내는 것을 보니 아무래도 오랫동안 고생한 자신에게 보상을 달라는 의미인 것 같아 조금 민망했졌다.

하지만 확실히 고개를 끄덕일 만한 일이다. 그녀가 강해질수록 나는 더 안전해진다. 물론 그 반대의 상황이 올 수도 있겠지만 일단은 성장 방향이 나쁘지 않다. 습관처럼 정하얀을 바라보니 직업에 대한 정보가 쏟아졌다.

[대마법사-영웅 등급]

[마력의 진리를 탐구할 수 있는 최소한의 자격을 갖춘 자들이 부

여받는 직업입니다. 마력이 5 상승하고 모든 마력에 대한 친화력이 올라갑니다. 이후에 전직할 수 있는 직업에 대해서는 알려진 바가 없습니다.]

'좋아.'

어떤 방향의 성장을 노리는지 확실히 알 수 있었다.

뭔가 담백한 이름의 직업이기는 하지만 정하얀과 확실히 잘 어울린다. 혈액 마도사 혹은 살육 마도사, 광기의 대마도사 따위로 전직하는 것보다는 훨씬 나으리라.

이를테면 정하얀은 정석 루트를 타고 있는 셈.

물론 그건 정하얀뿐만이 아니었다.

김현성 녀석도 마찬가지.

이후의 성장 방향은 내가 알 수 없지만 최소한 김현성은 가장 순수한 형태의 검사를 지양하고 있는 것으로 보였다.

[고위 검술 수련자─영웅 등급]

[검술의 극의를 깨닫기 위해 수련하는 이들을 위한 직업입니다. 근력이 3, 민첩이 2, 마력이 1 상승합니다.]

다른 설명은 더 읽어볼 필요도 없다. 영웅 등급의 직업을 거쳐 가는 직업으로 선택한 것만 봐도 답이 나오는 상황. 김현성에게는 저 등급의 직업도 그저 지나칠 과정에 지나지 않은 것이다.

이 세계에서 직업이 얼마나 중요한지에 대해서는 다시 언급할 필요도 없다. 만약 그저 그런 모험가였다면 절대로 녀석 같은 선택을 하지 않을 것이다.

여러 가지 이야기를 하며 음식을 목구멍으로 꾸역꾸역 집어 넘기는 도중.

이번에는 김현성의 목소리가 들려왔다.

"예리는 추적자라는 직업을 얻었습니다."

"추적자 말입니까?"

"네. 궁수계열의 한 종류로 활뿐만이 아니라 단검이나 검 같은 중소형의 무기들도 다룰 수 있어 괜찮겠다고 생각했습니다. 예리 같은 경우에는 능력치가 두루 좋은 편이니까요. 민첩과 마력에 집중되어 있기 때문에 앞으로도 선택지가 넓어질 겁니다."

'영웅 이하의 능력치가 하나도 없으니까.'

"길을 헤맬 걱정을 하지 않아도 되겠군요."

"예. 그렇습니다. 저희 파티의 고질적인 문제였으니까요. 아, 그밖에도 희영 씨는 대법관이라는 직업으로 전직했고 신성력이 눈에 띄게 올랐습니다. 덕구 씨도 마찬가지로 탱킹 능력에 관련된 전위 직업을 얻었다고 하더군요."

김현성의 말에 슬쩍 선희영을 보자 곧바로 직업명이 시야에 비쳤다.

[암흑사제 대법관-영웅 등급]

　아무래도 김현성에게 자세한 설명은 하지 않은 모양. 살짝 고개를 끄덕이니 곧바로 선희영도 고개를 끄덕여왔다. 이전 직업이었던 암흑사제의 진화판 같은 느낌이니 나쁘지 않아 보였지만 일반 신성 주문 말고도 공격 주문에 대해서는 아직 언급한 게 없는 것 같았다.

　이렇든 저렇든 파티는 무척이나 무난히 성장하고 있는 편.

　조금 민망한 표정의 박덕구를 제외하면 사실 문제는 없다. 아니, 사실 박덕구 역시 문제가 있다고는 볼 수 없다. 주변 사람들이 성장이 특출할 뿐. 박덕구의 성장치도 충분히 놀랄 만한 성과다.

　녀석 역시 어느 곳을 가더라도 환영받을 수 있을 정도의 스펙과 잠재 능력을 보유하고 있다.

　'한 번은 이야기를 해봐야겠는데…….'

　팀원 모두가 있는 자리에서 이 건에 대해 언급할 마음은 없는 것이 당연.

　내가 능력치를 볼 수 있다는 사실을 팀원들에게 알리기는 싫기도 했고 이런 곳에서 박덕구의 열등감을 자극하는 건 안 될 일이다.

'천재와 자신을 비교하는 것처럼 멍청한 짓은 없어.'

조금 잔인한 말일 수도 있지만 녀석도 이 사실을 깨달았으면 싶었다. 적당히 합의하는 것이 더 도움이 될 것이다.

조금은 무거운 분위기에서 대화가 계속되기는 했지만 조금씩 대화의 주제는 가벼워졌다. 던전에서의 웃지 못할 실수들이라든가, 그동안 방에만 처박혀 있었던 나에 대한 이야기 말이다.

정하얀이 매일 훌쩍거렸다는 이야기를 들을 때는 그저 고개를 끄덕였고 김현성이 위기에 빠진 파티를 구해줬다는 이야기에는 너털웃음을 터뜨렸다.

감정표현을 잘 안 하는 김예리도 슬그머니 미소 지었고, 그렇게 조금씩 목소리가 올라가고 있었던 그때였다.

덜컹 하는 소리와 함께 길드의 문이 열린 것.

주인공은 미친 늙은이 이설호와 파란의 부길드마스터 이상희.

무척이나 무거운 표정으로 길드를 들어오는 것이 시야에 비친다.

"지금 당장 회의를 준비하도록 하겠습니다. 길드에 남아 있는 모든 간부를 소집해 주세요."

"전부 말입니까?"

"네. 예외는 없습니다. 일단은 전부 소집해 주세요. 회의는 제 개인 집무실에서 진행하도록 하겠습니다. 지금 남아 있는 파티가 얼마나 되죠?"

"5번대가 전부라고 알고 있습니다."

"오늘 아침에 7번대도 귀환했습니다. 이상희 님, 이설호 님."

"그렇다면 현성 씨와 기영 씨도 올려 보내도록 해주세요."

"꼭 그들까지……."

"아니요. 전부 소집해 주세요. 길드의 일입니다."

"네. 알겠습니다."

'도대체 뭐야?'

대충 봐도 심각한 분위기라는 것이 느껴진다.

항상 우리네 어머니 같은 표정으로 자애로운 모습을 보여 줬던 이상희의 얼굴이 무척이나 창백했고 미친 늙은이의 얼굴에도 근심이 서려 있다.

정확히 왜 저러는지 알 수 없지만 길드의 중역들이 저런 얼굴을 하고 있다는 것만으로도 사태의 심각성을 예상할 수 있을 정도.

"먼저 올라가 계시지요. 제가 함께 올라갈 수 있도록 하겠습니다."

"네. 그럼 부탁드립니다, 설호 씨."

"예."

파티에 소속되어 있지 않은 일반 길드원들은 허겁지겁 길드의 위로 올라가는 중.

아마 황정연을 부르러 가는 도중이리라.

파란의 5번대는 사 층에서 거주하고 있으니까.

"무슨 일이 생긴 거 아닙니까?"

"기영 씨, 올라가시죠."

"네."

나름대로 즐거웠던 분위기가 순식간에 개판이 됐다.

이설호가 슬쩍 이쪽을 향해 눈짓하는 것이 시야에 들어온다. 손가락을 까딱거리는 게 마음에 들지 않지만 일단 무슨 일인지 듣는 것이 먼저다.

"다른 분들은 저와 기영 씨가 돌아오실 때까지 개인 시간을 가지시면 됩니다. 아니, 혹시 모르니 충분히 쉬시는 게 좋을 겁니다."

"네."

"아, 알겠소."

'뭐지?'

사실 별생각이 다 들기는 한다. 갑작스레 짐을 챙기는 이들을 바라보면 더욱더 그렇다. 일반 길드원들이 웅성거리는 소리가 점점 커졌고 말없이 무장을 챙기는 길드원도 있다.

여러 목소리가 귀에 들어오기는 하지만 자세한 상황은 저들 역시 알지 못하고 있는 것 같다.

"김현성 님, 이기영 님. 부길드마스터께서 지금 회의……."

"알고 있습니다. 지금 올라가도록 하겠습니다."

"무슨 일입니까?"

"저도 자세히는……."

뒤늦게 이쪽에 소식을 전하는 접수원도 급히 고개를 숙인 뒤 길드 밖으로 뛰어 나간다.

황급히 이상희의 집무실로 올라가자 무장한 경비가 문을 열어주는 게 보였고 나와 김현성은 조금은 서둘러 안으로 들어갈 수 있었다.

"전부 모였나요?"

"네. 그런 것 같습니다."

눈앞에 자리한 것은 이상희. 그리고 황정연과 미친 늙은이와 그 똘마니 세 명이 전부다. 그동안 얼굴만 봐왔던 행정 간부 2명도 자리해 있는 모습이었지만.

'이게 전부? 실화야?'

한때 자유 도시 린델을 대표하는 파란의 간부가 다 모였다고 하기에는 너무나도 터무니없는 숫자였다.

"기영 씨, 현성 씨. 자리에 앉아주세요. 안 좋은 소식을 전해야 할 것 같습니다."

아직 무슨 상황인지 알 수 없었다. 제법 진지한 표정의 간부들을 눈앞에 두니 괜스레 위축되기는 했지만 왠지 모르게 침착한 김현성은 대충은 예상했다는 표정처럼 보였다.

'알고 있는 건가.'

계산을 마친 것은 순식간. 우리가 어째서 파란으로 왔는지에 대해 떠올리니 금방 답을 찾을 수 있었다.

'알고 있어.'

김현성은 어째서 이런 상황이 펼쳐졌는지 알고 있다.

많은 대형 길드의 오퍼를 거절하면서까지 굳이 파란을 선택한 이유.

부길드마스터인 이상희가 그 이유에 대해 입을 열려고 했다.

17장
미친 늙은이

분위기가 무척이나 무거웠다. 갓난아기라도 지금의 분위기가 심상치 않다는 사실 정도는 알 수 있으리라.

조금 머뭇거리던 이상희가 입을 연 것은 시간이 조금 지난 뒤였다.

"현재 파란의 5번대와 7번대를 제외한 모든 파티가 영웅 등급의 던전에 고립되어 있습니다. 생사는 아직 확인되지 않았으며 구조 신호를 확인한 것은 오늘 아침입니다. 이후에 따로 신호를 보내오지 않은 것을 유추해 보면 던전에 진입한 파티에 문제가 생긴 걸로 보입니다."

'이건가?'

"던전에 진입한 정확한 시기는 8월 14일, 마지막 연락은 오늘 아침 6시 40분경이었습니다. 설호 씨?"

"네. 맞습니다. 정확합니다."

8월 14일이라면 우리가 파란으로 들어오기도 전이다. 대충 일이 어떻게 돌아가고 있는지 느낌이 온다.

'원정 실패.'

길드나 클랜이 무너지는 아주 전형적인 상황 중에 하나다. 자유 도시 린델에 들어온 지 얼마 되지는 않았지만 도시 내에 떠돌아다니는 격언들은 대충 들어왔다.

'한 번의 원정 실패는 소형 클랜을 휘청거리게 만들고 두 번의 원정 실패는 대형 길드를 휘청거리게 만든다.'

그만큼 던전 공략이나 사냥을 나가는 게 위험성을 내포하고 있다는 격언이다.

저런 말이 나오는 게 당연할 것이다. 린델에서는 강자가 곧 집단의 재산이다. 원정 중에 실수로 저들이 죽거나 움직이기 힘든 상태가 된다면 그것은 곧바로 집단의 전력이 대폭 하락한다는 이야기가 된다.

그렇기 때문에 보통의 클랜이나 길드는 원정 준비에 무척이나 많이 투자하는 편.

조금 질이 나쁜 길드의 경우에는 시험용 파티를 먼저 들여보낸다는 소리가 있을 정도니 다른 말은 필요 없으리라.

만약 발견된 던전이 영웅 등급 이상이라면 조금 더 조심할 필요가 있다. 단순한 몬스터가 나오고 그 끝에 보스 몬스터가 나오는 희귀 등급의 던전과는 달리 영웅 등급의 던전은 각 던전마다 그 메커니즘이 다르기 때문.

나 역시 들어가 본 적은 없지만 여러 길드에서 만든 모험일지만 봐도 충분히 유추할 수 있는 일이다.

'파란은 원정 실패로 무너진다.'

김현성은 이 상황을 알고 있었을 것이다. 구조대를 보내는 것은 이미 정해져 있는 수순일 터. 버리기에는 던전 안에 들어가 있는 인적 자원이 무척이나 고급이다. 아니, 인적 자원을 헤아리기 이전에 이상희에게는 던전 안에 고립되어 있는 이들이 하나하나 가족처럼 느껴질 것이다. 파란은 그 역사가 꽤나 오래됐으니까.

그녀의 성격이라면 무리하게 들어가고도 남는다.

문제는 우리가 어떤 선택을 하느냐에 대한 것.

머릿속으로 여러 선택지에 대해 떠올리고 있는 도중에도 회의실에서는 여기저기서 목소리가 터져 나오고 있었다. 간단한 브리핑이 끝난 뒤 이 상황을 어떻게 대처해야 할지 논의하고 있는 것이다.

'어차피 탁상공론이지만.'

"다른 길드에 지원을 요청해 보는 게 어떻겠습니까?"

"붉은 용병에 지원을 요청했지만 현재 용병여왕의 부재로 인해 답신이 늦어지고 있는 상황입니다. 대답을 듣는 데 얼마나 걸릴지……. 만약에 한시가 다급한 상황이라면 원정대가 무사하지 못할 겁니다.”

“그래서, 아무런 대책 없이 이렇게 들어가자는 말씀이십니까?”

“꼭 그렇다는 말은 아닙니다. 그렇지만 신호가 끊긴 것이 오늘 아침이라는 것을 생각해 보면 대다수의 인원이 생존해 있을 가능성도 배제할 수는 없습니다. 그들은 길드의 소중한 구성원입니다.”

“당연히 구조대를 보내는 것이 맞다고 생각하지만 전력이 턱없이 부족해요. 공략이 아니라 구조가 목적이라곤 하나 사실 저희만으로는…….”

“만약에 구조대를 구성한다고 한다면 은퇴하신 분들도 함께…….”

“이미 모험을 떠날 몸이 아니지 않습니까. 허허. 솔직히 저는 행정업무를 하는 데도 조금 힘이 듭니다.”

“그렇지만 숫자가 부족하지 않습니까.”

“부족하다니요? 7번대도 있지 않습니까.”

“…….”

“7번대는…….”

“7번대도 우리 길드의 주요 전력이지 않습니까?”

'미친 영감탱이들이…….'

말을 아끼고 있지만 상황이 어떻게 돌아가는지 정도는 알 수 있다. 고립된 파티를 구해내기 위해 구조대를 보내느냐 마느냐.

던전에 대한 정보는 길드 측에서도 보유하고 있을 것이다.

그렇지만 그게 이미 한 번 실패한 데이터라는 것을 생각해 보면 이 던전행은 틀림없이 위험하다.

무려 파란의 다섯 파티를 잡아먹은 던전을 황정연과 이상희, 우리가 함께 간다고 해도 어떻게 할 수 없는 것이 당연하다.

생존자를 확인하는 게 고작일 것이다.

문제는 어떻게 하느냐에 대한 것. 구조대를 파견해야 한다는 여론이 커지고 있기 때문에 길드에서 구조대를 만들 거라고 생각은 했지만.

이설호를 비롯한 이들은 위험한 곳에 자신의 몸을 던지기 싫어하는 것처럼 느껴졌다.

"이러려고 그 비싼 돈을 주고 영입한 것이 아닙니까. 그들도 틀림없이 도움이 될 겁니다."

"아직 제대로 성장하지 못한 파티입니다. 이설호 님."

"황정연 님, 저도 그 사실을 아주 잘 알고 있습니다. 그렇지만 지금은 아주 작은 손이라도 필요한 시점이 아닙니까? 최소한 데려가지 않는 것보다는 나을 겁니다."

"아무리 그렇다고는 해도……."

"길드의 위기입니다. 함께하는 것이 당연하지요."

"그렇게 생각하신다면 이설호 님도 함께 가시는 게 어떻습니까."

"늙고 노쇠해 움직이기 힘든 몸입니다. 그동안 길드를 위해 헌신하시는 분인데…… 길드를 지켜야 하는 사람도 필요한 만큼 이설호 님께서는 길드를 지켜야 하지요."

"아암. 그렇고말고요!"

"아마 저희가 간다고 해도 별로 도움이 되지는 않을 겁니다. 크흠."

"흠흠."

'지랄하고 자빠졌네, 미친 새끼들이.'

돌아가는 분위기를 바라보니 어처구니가 없어 실소가 나올 정도.

자세히는 알 수 없지만 말을 맞춰 놓은 것처럼 느껴졌다.

호흡이 예술이다. 미친 늙은이가 계속해서 우리를 사지로 떠밀려는 것을 보니 이번 기회에 꿀을 빨려고 제대로 마음먹은 모양.

애초에 이상희나 황정연 그리고 우리가 함께 던전에 들어간다고 가정한다면 가장 큰 이득을 보는 것은 이설호 저 늙은이다.

'늙고 노쇠하기는 개뿔.'

첫 만남 당시에 이쪽을 향해 살기를 풀풀 날리던 게 엊그제 같다. 스탯 역시 나쁘지 않은 것이 눈에 보인다. 늙은 것은 맞지만 절대로 움직이기 힘든 몸은 아니다.

집구석에서나 밖에서는 여포처럼 군림하는 기운찬 늙은이가 대중교통 안에서는 노쇠해지는 것을 실시간으로 보는 기분이다.

굳이 저 난리를 치는 이유는 뻔한 일. 위험한 곳에 몸을 던지기 싫은 것이다.

'한탕 하고 싶다 이거지?'

구조대를 보내느냐 마느냐라는 논쟁에 우리 파티가 참가하는가, 참가하지 않는가에 대한 프레임이 덧씌워졌다.

"아직 7번대 여러분이 들어가기에는 적절한 곳이 아니에요."

"허허허. 뭔가 방법이 없지 않습니까."

"아직 린델에 들어온 지 1년도 안 된 이들입니다."

"그렇지만 파란의 일원이기도 하지요. 저들도 엄연히 길드원입니다. 안 그래도 많은 특혜를 받고 온 이들입니다. 이번에도 특혜를 줄 수는 없습니다."

"특혜가 아니라 당연한 상식이에요. 도시 내에 있는 그 어떤 길드도 1년도 안 된 파티를 영웅 등급 던전으로 보내지는 않습니다. 아, 하나 있기는 하네요. 시험용 파티를 집어 던지는 길드들이 대부분 그런 식이죠."

"시험용 파티라니요. 말씀이 조금 지나치십니다. 어디까지나."

"그만."

여기저기 오고가던 탁상공론을 가로막은 것은 이상희였다.

"7번대는 길드 하우스에서 대기하도록 하겠습니다. 설호 씨, 정연 씨의 말이 맞습니다. 현성 씨를 비롯한 다른 분들이 아무리 성장이 빠르다고 해도 큰 도움이 되지는 않을 겁니다."

'이거지.'

"이곳에서 함께 길드를 지켜주도록 하세요."

"그렇지만……."

"그렇지만은 없습니다. 이건 부길드마스터로서 내린 결정입니다. 나머지 인원은 지금부터 원정 준비를 서둘러 주세요. 목표는 공략이 아니라 구조입니다. 다른 분들은 지금부터 곧바로 타 길드의 지원을 받을 수 있는지에 대해서……."

"알겠습니다."

김현성이 노린 게 이거였는지는 알 수 없지만 이상적이라면 이상적인 방법이다.

구조대를 파견한 이들이 죽거나 큰 상처를 얻고 되돌아왔다고 가정한다면 김현성 파티는 단숨에 파란에서 가장 유력한 세력으로 발돋움하게 된다.

말하자면 큰 힘을 들이지 않고 중형 길드 하나를 꿀꺽 할 수 있다는 이야기.

물론 여러 가지 처리해야 될 문제들이 있기야 하겠지만 복잡한 과정을 스킵한다고 가정했을 때 얻을 수 있는 게 많다.

'사실 꼭 그런 것만도 아니지만.'

반대로 생각하자면 이상희나 황정연 같은 이들을 잃을 수도 있다는 것도 문제가 되는 부분.

이후에 김현성 왕국에서 일 해줄 훌륭한 일꾼 두 명을 이렇게 잃는다고 생각하면 또 이야기가 달라진다.

미친 늙은이야 어디서 뒈져 버려도 상관하지 않겠지만 그녀들은 이쪽에 충분히 호의적이다. 시간이 조금 걸리기야 하겠지만 안전하게 권력을 승계 받는 선택지도 나쁘지는 않은 옵션이다.

가장 중요한 것은 김현성이 어떤 선택을 하는가.

녀석의 생각을 알 수 없다는 게 무척이나 답답했다.

물론 아예 예상할 수 없는 것은 아니다. 나라면 조용히 떨어지는 꿀을 받아먹는 선택지도 분명 염두에 두겠지만…… 내가 알고 있는 김현성이라면 아마도.

"저희도 함께 가도록 하겠습니다."

저런 소리를 내뱉을 거라고 생각했다.

"네?"

"저희도 함께 가겠다고 말씀드렸습니다."

"마음은 감사하지만 이건."

회귀자를 지지해 줘야 하는 내 입장에서는 당연히 김현성을 응원해 줄 수밖에 없으리라.

조금 고민하기는 했지만 결정을 내리는 것은 순식간.

사실 황정연이나 이상희를 사지로 가는 걸 내버려 둔다면 아무리 나라 해도 찜찜했을 것이다. 그녀들에게는 여러 가지로 도움을 많이 받았으니까.

"현성 씨 말이 맞습니다. 저희도 함께 가는 게 옳습니다."

'불안하지만.'

분명히 이유가 있을 것이다.

던전의 공략 방법을 알고 있을 수도 있고, 이 던전행으로 인해 얻을 수 있는 것이 무엇인지 알고 있을 수도 있다.

녀석은 착하기는 하지만 분명히 무골호인은 아니다.

다시 한번 숨을 크게 들이 마신 뒤에 입을 열었다.

"최근 파티원 전체가 눈에 띄는 성장을 할 수 있었습니다. 한 명도 빠짐없이 전원 세 번째 직업으로 영웅 등급의 직업을 얻었고, 주요 능력치는 60대 초반, 하얀이 같은 경우에는 70대에 이르렀습니다."

"그게……."

"정말인가요?"

"허."

"말도 안 돼."

"당연히 이 정도로도 부족하다는 건 압니다. 영웅 등급의 던전에 들어가기에는 터무니없이 부족합니다. 그 누구보다 저희가 그걸 가장 실감하고 있습니다. 그렇지만 저희 역시 파란의 구성원입니다. 계약서에 사인하는 것으로 맺어진 인연이지만 저는 그 인연이 결코 가볍다고 생각하지는 않습니다."

"아."

"많은 분에게 도움을 받았습니다. 이번에는 저희의 작은 손이라도 빌려드리고 싶습니다. 만약 중간에 위험하다고 판단하면 무리하지 않고 통제에 따를 수 있도록 하겠습니다. 부디 작은 손이라도 보태는 것을 허락해 주셨으면 합니다."

살짝 고개를 숙이자 곧바로 반응이 터져 나왔다.

멍청하게 보일 수 있는 행동이기도 했지만 나쁘지는 않다.

"꼭 함께 가고 싶습니다."

"허허. 무척 감동적입니다."

나를 향해 눈웃음 짓고 있는 미친 늙은이만 아니었다면 말이다.

"이상희 님, 기영 씨와 현성 씨가 이렇게까지 말씀하시는데 데려가시는 게 어떻겠습니까? 이미 세 번째 전직까지 마쳤다면 틀림없이 도움이 될 겁니다. 허허."

저 늙은이는 무슨 수를 써서라도 치우는 것이 맞다. 아마 이런 생각을 하고 있는 건 나뿐만이 아닐 것이다.

"그게 좋아 보입니다."

"이렇게 길드를 생각하는 마음이 큰 줄은 몰랐습니다. 하하하."

"……."

"아암. 그래야지."

'미친놈들.'

나는 저 늙은이들이 과거에 파란에 얼마나 기여했는지 모른다.

이상희가 저들을 존중하는 모습을 보이는 것을 보면 최소한 과거에는 지금과 같은 모습이 아니었을지도 모른다. 어쩌면 모습을 드러내지 않는 길드마스터와 깊은 관계일 수도 있다고 생각했지만 그건 모두 과거의 이야기다.

'미친 늙은이.'

이를 갈 지경.

우리 파티의 뜻과 저 늙은이들의 뜻이 일치하는 게 무척이나 원망스러웠다.

"벌써 세 번째 전직을 했다면 확실히 도움이 되겠군요."

"정말로 대단합니다. 돈을 들인 보람이 있어요."

"전부 길드의 지원 덕분이 아니겠습니까. 하하하하."

황정연 역시 기가 차다는 듯이 이설호를 바라보고 있었다.

지금까지 내게 보여준 모습과는 조금 다르다. 낙천주의자라는 성향이 어울리지 않을 정도로 찌푸려져 있는 얼굴. 저런 표정을 보내는 것이 당연할 것이다. 이설호의 지금 태도는 강건너 불구경하는 사람의 행동과 굉장히 유사했으니까.

"이제 막 들어온 이들도 원정에 끼워 달라는데 지금까지 길드를 지켜오셨다고 말하시는 분들은 조용하군요. 다른 사람의 등을 떠밀기 전에 먼저 나설 생각은 하지 않는 건가요?"

이설호뿐만이 아니다.

몇몇 다른 늙은이 역시 마찬가지다. 겁을 집어먹고 있는 것같기도 했고, 조금은 민망해하는 것 같기도 했다. 찔리는 것이 있는지 흑색이 된 얼굴이 시야에 들어왔다.

"큼……."

"아무래도 일선에 서기에는 힘든 몸이라."

"방금은 아주 작은 힘이라도 필요하다고 말씀하신 것으로 기억하는데요."

"길드를 위해 할 수 있는 역할이 모두 다르지 않습니까. 애초에 비전투직인 저희도 그렇지만 이설호 님 역시 은퇴하신지 한참이나 되었습니다. 여기 다른 간부님들도 마찬가지가 아닙니까. 지금 와서 전선에 서기에는 좀…… 방해만 될 것이 분명합니다."

"글쎄요. 제 눈에는 책임을 회피하는 것으로 보이네요."

"말씀이 지나치십니다."

"제 말이 틀렸다고는 생각하지 않아요. 그냥 솔직히 말씀해 주세요. 가기 싫다고."

"허…… 보자보자 하니까 말씀이 너무 심하신 거 아닙니까?!"

"누가 정말 심한지는 당신들이 가장 잘 알고 있을 거라고 생각합니다."

감정의 골이 깊어진 것이 눈에 보인다.

만일 나였다고 하더라도 황정연과 같은 반응을 보였을 것이다. 그렇지만 이쪽이 뭘 할 수 있을 리가 만무. 저들은 틀림 없이 비전투 직군으로 분류되어 있다. 애초에 함께 데려간다는 것 자체가 말이 되지 않는다.

"부끄럽습니다. 당신들, 정말로 부끄러운 사람들이에요."

조금 과한 생각.

내 뇌내망상이지만 이설호를 비롯한 똘마니들은 이쪽이 죽어서 돌아오는 것을 바라고 있을 수도 있다.

내가 그렇게 생각했던 것처럼 말이다.

시나리오는 완벽하다고도 볼 수 있다.

모든 전투 직군이 영웅 등급의 던전에서 살아 돌아오지 못한 뒤 그동안 키워왔던 영향력을 바탕으로 길드를 잠식, 이설호를 중심으로 새로운 체제를 유지한다.

마침 세상이 변하는 참이니 놈에게도 좋은 기회일 것이다.

가능성은 낮지만 어쩌면 파란을 통째로 팔아넘길 수도 있다.

'돈이 될 거야.'

전투 직군이 없다고는 하지만 파란이 보유하고 있는 재산이나 길드 하우스, 지금까지 쌓아올린 인프라는 결코 만만하지 않다. 애초에 김현성이 노리고 있는 것 역시 같다는 것을 생각해 보면 나쁘지는 않은 추론이다.

조금 이해가 되지 않았던 것은 이설호를 중심으로 똘똘 뭉친 저들의 행동이었다.

'뭐가 있나?'

어쩌면 그럴 수도 있다. 보통 저런 종류의 늙은이들은 뒷배 없이는 도박을 하지 않는 편이니까.

도박은 젊은이들에게 강요하고 자신들은 안정된 삶을 살기를 바란다.

아마 저들이 지금 위치에 앉아 있는 이유 역시 수많은 희생 위에 쌓아올린 자리라고 생각했다.

그게 아니라도 상관은 없다. 어차피 저들이 고인 물이라는 사실은 변함이 없으니까.

조금 분위기가 과열되고 있었을 때 이상희가 다시 한번 입을 열어왔다.

　"그만하세요. 아마 다른 분들도 많이 답답하실 겁니다. 정연 씨도 평소답지 않게 너무 흥분하신 것 같네요."

　"마스터, 그렇지만……."

　"행정 간부들을 던전에 데려갈 수는 없습니다. 이설호 님역시 마찬가집니다. 이미 은퇴하신 몸이기도 하고 최근 몸 상태가 좋지 않다는 걸 고려해 본다면 함께 가는 것은 합리적인 선택은 아닙니다. 물론 정연 씨가 어떤 마음인지는 저도 잘 알고 있습니다. 저 역시 같은 심정이니까요. 솔직히 지금 여러분이 보여주는 행동이 달갑지 않습니다."

　"아……."

　"그게……."

　"크흠."

　"어쩔 수 없지 않……. 큼."

　"예전에는 이런 분위기가 아니었는데……. 솔직히 현성 씨나 기영 씨에게 굉장히 부끄러운 심정입니다. 제가 그렸던 파란의 모습은 이런 게 아니었습니다. 물론 여러분의 행동은 합리적입니다. 비전투 직군과 함께 던전을 떠날 수 없는 것은 맞습니다. 여러분의 몸 상태가 예전 같지 않다는 것도 알고 있습니다. 그렇지만…… 지금 이설호 님을 비롯한 다른 분들이 보여주는 모습은 정말로 실망스럽습니다. 아니, 사실은 무능력한 제 자신에게 가장 실망스럽습니다."

제대로 입을 닥치고 있는 것들이 눈에 들어왔다.

최소한 말이라도 함께 가겠다고 했으면 섭섭함이 절반으로 줄어들 것이다. 그러기는커녕 도리어 김현성과 나를 떠미는 행동을 보였으니 이상희가 얼마나 실망이 클지 가늠할 수 없었다.

이상희는 천천히 이쪽을 바라보기 시작했다. 뭐라고 입을 털어야 이쪽을 데려가 줄지 고민하고 있던 찰나, 곧바로 목소리가 들려왔다.

"현성 씨 그리고 기영 씨."

"네."

"예."

"아까의 말씀을 번복해 정말로 죄송합니다. 염치없다는 것은 너무나도 잘 알고 있습니다. 괜찮으시다면…… 이번 원정에 합류해 주시겠습니까?"

부들부들 떨리는 목소리.

심지어 고개를 숙이고 있는 이상희의 모습이 눈에 들어왔다. 입술을 꽉 깨물고 있었고 눈에는 눈물이 고여 있었다.

'마음이 바뀔 만하지.'

아마 한 달 전이었다면 이상희도 우리를 데려가지 않을 것이다.

'그래서였네.'

어찌됐든 60 이상의 능력치와 세 번째 전직이 영웅 등급의 던전에서 비빌 수는 있는 모양.

아마 그래서 그녀 역시 마음을 바꿨을 것이다.

사실 파란 길드가 겪고 있는 상황은 최악이라고 볼 수 있다. 주요 전력이 없는 상태에서 던전에 들어가야 하는 상황이고 심지어 던전 안에 있는 이들의 생사조차 알 수 없다.

우리라는 지푸라기를 잡고 싶은 마음도 이해가 간다.

김현성 파티가 지금 보여주고 있는 모습은 다분히 비상식적이라고 할 수 있었으니까.

길드의 어머니 포지션에 있는 이상희의 진심 어린 부탁을 들었던 김현성의 대답은 뻔한 일.

"물론입니다."

너무나도 뻔한 대답에 피식 웃음이 나왔다.

"감사합니다."

"해야 할 일을 할 뿐입니다."

"그럼, 지금부터 곧바로 구조대를 구성해 원정을 떠나도록 하겠습니다."

"네."

"구성원은 저와 5번대 파티와 7번대 파티가 함께 갑니다.

30분 뒤에 곧바로 출발하겠습니다. 원정 준비는 최대한 서둘러 주세요."

"네."

"길드에 남아계시는 여러분은 붉은 용병을 비롯한 다른 길드와 접선할 수 있도록 해주세요. 연락이 닿는 즉시 던전으로 지원을 보내주셨으면 합니다."

"네."

"설호 씨."

"네, 이상희 님."

"부디 저를 실망시키지 않아주셨으면 합니다. 그리고……
믿겠습니다."

"믿음에 보답하겠습니다, 이상희 님. 타 길드와 연락이 되는 즉시, 함께 향할 수 있도록 하겠습니다."

"감사합니다."

더 이상 지체할 시간이 없다는 듯 자리를 박차고 나가는 이상희의 모습이 보였다.

이쪽을 향해 살짝 고개를 끄덕이던 황정연도 황급히 집무실을 빠져나갔고, 행정팀 녀석들도 제법 분주하게 움직이는 것 같다.

나와 김현성 역시 마찬가지.

1층으로 내려온 뒤에 파티원들을 향해 입을 열자 다들 고개를 끄덕였다. 선희영의 지휘 아래 빠르게 정리되는 것을 보니, 이번 원정에 대한 준비는 크게 신경 쓰지 않아도 될 것 같았다.

원정 준비 말고도 해야 할 일이 있는 내게는 딱 알맞은 타이밍이다.

'믿기는 개뿔.'

이상희는 좋은 사람이다. 그렇지만 이상적인 지도자라고는 볼 수 없다. 조금 과장해서 말한다면 바보 같다. 믿음이라는 건 물론 훌륭한 사람을 다룰 때는 좋은 수단이다.

예를 들면 덕구나 하얀이처럼.

이상희가 이설호와 똘마니들을 바라보는 심정도 아마 같을 것이다. 그렇지만 미친 늙은이 같은 종류의 사람들을 다루는 데는 그다지 큰 도움이 되지 못한다.

이상희가 가지고 있는 믿음의 정체가 뭔지는 알 수 없다.

지금까지 함께 했던 이들에 대한 믿음, 길드가 위태로워져도 끝까지 함께 할 거라는 믿음.

뭐, 그게 무엇이든 상관없다.

그렇지만 저런 종류의 믿음은 굉장히 쉽게 배신당한다. 내가 보기에 저 위에 있는 늙은이들은 빈민촌에 있는 선희영의 봉사 대상과 별로 다를 바가 없다.

차이점이 있다면 그곳에 있는 이들보다 여기 있는 이들이

운이 조금 좋았다는 정도. 그리고 타인을 밟고 올라왔다는 것
정도.

　물론 비난하는 것은 아니다. 그것 역시 능력이라고 할 수 있으
니까. 그러나 정말 그것 외에는 없을 거라고 확신할 수 있었다.

　'믿음이란 건……'

　서로가 서로에게 받을 수 있는 것들이 있을 때 유지되는 감
정이다. 그런 의미에서 늙은이들은 이상희에게 받을 것이 없
다고 판단하고 있을지도 모른다.

　만약 정말로 그렇게 생각하고 있다면 믿음이 유지될 리가
없다.

　"30분 뒤에 출발……"

　"네?"

　"아무것도 아니야, 하얀아."

　"네. 오빠 또 챙길 거 없나요?"

　"아, 하얀아. 그것보다는 잠깐 예리 좀 불러다 줄래?"

　"네?"

　"잠깐 심부름시킬 게 있는데 시간이 얼마 없어서."

　"네."

　정하얀이 허겁지겁 뛰어간 뒤에 조금 미심쩍은 표정으로
이쪽을 바라보는 김예리가 시야에 들어왔다.

　'빠르네.'

"잠깐 심부름 좀 해줄 수 있을까?"

고개를 살짝 끄덕인다.

"현성 씨에게도 좋은 일이 될 거야."

"응."

"검은 백조에 있는 이지혜라는 사람한테 편지 좀 전해줄 수 있겠어?"

"이지혜?"

"응, 이지혜. 기왕이면 다른 사람들한테 들키지 않게. 물론 중간에 읽는 것도 금지."

"응."

"내가 보냈다고 하면 환영해 줄 거야. 빠르게 다녀와야 한다."

"응."

순식간에 시야에서 사라지는 모습이 보였다.

괜스레 생각이 많아지기는 한다.

내가 하는 일이 옳은지 판단하기는 사실 어렵다.

그렇지만 어느 정도는 정답일 거라고 생각한다.

'왜?'

믿음이 사라진 관계는 적이 될 수밖에 없다는 사실을 잘 알고 있었으니까.

"청소하기 딱 좋은 날씨네."

썩은 피를 뽑아낼 필요가 있다.

18장
우린 영원히 함께예요

　김예리가 가져온 이지혜의 편지를 읽고 있을 때 이상희의 목소리가 들려왔다.

　"그럼 출발하도록 하겠습니다."

　"네."

　슬쩍 고개를 끄덕인 것은 당연지사. 대충 편지를 주머니에 우겨 넣으며 자리에서 몸을 일으켰다. 아마 우리가 던전에서 나올 때 즈음이면 계획이 진행되어 있을 것이다.

　일단은 던전행에 집중하는 것이 맞다.

　총인원 14명.

　김현성 파티에서 6명 그리고 황정연이 관리하는 파티에서 7명, 원정대를 이끄는 이상희까지.

부족하지만 구성 자체는 굉장히 괜찮았다.

일단 이상희 본인이 능력치 90을 가지고 있는 성기사라는 게 중요했다. 리더로서의 자질은 부족하지만 전투요원으로서는 너무도 뛰어난 인재.

그녀는 내가 지금껏 봐온 그 어떤 전위보다도 가장 이상적인 탱커였다. 민첩은 낮지만 마력이 77이었고 자가 치유가 가능하다는 점에서 린델 내에 있는 그 어떤 탱커도 따라올 수 없으리라.

'황정연도 마찬가지야.'

5번대 역시 전체적으로 능력치가 준수하다. 70에서 80선을 유지하고 있고 잠재 능력도 나쁘지 않다.

아마 저 정도 스펙을 가지고 있는 이들이 영웅 등급의 들어가기 적당한 스탯이리라.

"시간이 없는 관계로 브리핑은 이동하면서 하도록 하겠습니다. 다시 한번 말씀드리지만 저희의 목적은 공략이 아닙니다."

"네."

"목적은 어디까지나 생존자 확인과 구출. 생존자가 없다고 판단하면 곧바로 몸을 빼겠습니다. 생존자의 구출 역시 중요하지만 여러분의 안전이 그 어떤 것보다 가장 중요합니다. 그걸 항상 염두에 두셨으면 합니다."

"네."

"목표 던전은 영웅 등급. 던전의 이름은 저주받은 신단입니다. 나타나는 몬스터들의 종류는 망령과 언데드이며 그 외에 자세한 정보는 확인되지 않았습니다. 지원이 도착할 때까지 최대한 안전하게 생존자를 수색할 예정입니다."

"얼마나 걸리나요?"

"린델의 서쪽 지역에 언데드 사냥터에서 발견된 던전입니다. 목적지까지는 약 8시간 정도가 소요될 예정입니다."

"그렇게 오래 걸리지는 않겠군요."

확실히 급하게 던전행을 준비한 느낌이다. 우리야 그렇다 하더라도 알려진 정보가 이뿐이라는 사실은 의외였다.

어째서 그 많은 파티가 들어갔음에도 이런 상황이 터졌는지 이해할 수 있었다.

던전의 위치와 몬스터의 종류 외에는 확인된 게 없다는 말인데, 납득할 수 없었다. 던전의 등급이 희귀 등급이었다면 그나마 고개를 끄덕였으리라.

'들어갈 수밖에 없는 이유가 있었나?'

'이 정도 전력이 들어가는데 무슨 일이 있겠어?'라는 마음으로 무리하게 들어간 것이 실패의 원인일 수도 있다고 생각했다.

조금 궁금한 마음에 살짝 입을 연 것은 당연지사.

내 말에 황정연이 고개를 끄덕이며 입을 열었다.

"정보가 조금 부족하군요."

"당시에 조금 급하게 들어갔기 때문이 아닌가 싶어요."

"이유가 있었던 겁니까?"

"네. 원정 준비를 할 시간이 부족했었거든요. 길드의 거의 모든 전력이 투입된 던전행이라 영웅 등급의 던전에서 무슨 일이 일어날까, 생각했었던 게 실수였어요. 파란의 길드마스터가 저주에 걸렸다는 건 알고 있으시죠?"

당연히 처음 들어보는 이야기.

"아니요. 처음 듣는 이야기입니다."

"아, 대외적으로는 비밀인 이야기였으니까요. 아마 주변에서는 예상하고 있기 때문에 극비라고 하기라도 그렇지만요. 이상희 님도 적당한 타이밍을 봐서 말씀드리려고 했을 거예요."

"흠……."

"기영 씨가 파티에 들어오기 전에 있었던 일이예요. 길드마스터가 원인을 알 수 없는 저주에 걸렸고 그 저주를 해주하기 위해서 무리하게 저주받은 신단에 진입했죠. 사실 당시에는 무리라는 생각은 하지 않았어요. 원정을 떠나는 길드원들은 영웅 등급의 던전이나 대형 몬스터 사냥에 특화된 베테랑들이니까요."

'나라도…….'

비슷한 생각을 할 수 있을 수도 있다.

황정연 정도로 구성된 파티가 다섯이라고 생각한다면 전설 등급의 던전도 트라이가 가능하다. 영웅 등급에서 발목이 잡힐 거라는 생각은 하지 않았을 거다.

"저주받은 신단에 저주를 해주할 수 있는 힌트가 있다는 겁니까?"

"사실 그것마저도 확실하지 않았죠. 길드마스터가 당한 저주가 저주받은 신단을 발견하는 과정에서 얻은 저주였고 당연히 원인이 된 던전에 해결책이 있지 않을까 생각했으니까요. 던전의 입구를 열기 위해 손을 뻗으셨다가……."

"그렇군요."

간단하게 압축하자면 파란의 길드마스터라는 양반이 던전을 발견하는 과정에서 저주에 걸렸고 나머지 인원들은 길드마스터의 저주를 해제하기 위해 던전에 진입했다는 이야기.

마치 던전이 인간들을 끌어들인 것 같다.

'애초에 들어갈 수밖에 없는 던전이었어.'

뭔가 조금 불안감이 밀려들어오기는 한다.

왠지 모르게 공포 영화에서 나오는 패턴과 굉장히 흡사하다고 생각했기 때문이다. 보통 동료를 구하겠다고 따라 들어간 놈들이 대부분 안 좋은 꼴을 당한다.

이번에는 그런 꼴을 당하지 않기를 바라는 수밖에 없었다.

"별로 놀라지는 않으시네요. 기영 씨는."

"아뇨. 사실 파란의 길드마스터에게 문제가 생겼다는 건 어느 정도 예상했던 일이었습니다. 궁금하긴 했지만 굳이 캐물을 사안도 아니라고 생각했고요. 당장은 성장하기 바빴으니 말입니다."

"아아아. 네. 아마 이상희 님도 굳이 다른 일에 신경 쓰게 하기 싫어하셨을 거예요."

"네. 그렇겠죠."

"오빠……."

"아, 하얀아."

아무래도 황정연과 시간을 너무 많이 보낸 모양.

정하얀이 이쪽을 찾는 목소리가 들려 대충 인사를 한 뒤에 살짝 발걸음을 맞추기 시작했다.

그새 안 좋았던 기분이 풀어졌는지 생긋 웃는 모습이 시야에 들어왔다.

조금 무거운 분위기에서 진행된 행군이었기 때문에 손을 잡고 걷는다든지 하는 것은 자제하고 있지만 정하얀도 어느 정도 나를 이해하고 있는 것 같았다.

평소처럼 은근슬쩍 소매를 잡아당긴다거나 하지는 않았으니 말이다.

마차가 들어오지 못할 정도로 험한 길.

사실 체력이 약한 나는 조금 힘들었지만 파티는 무척 빠르게 목적지를 향해 나아가기 시작했다.

'한시가 급했으니까.'

체력 능력치가 낮은 이들을 배려하지 못한 것도 이해는 간다.

일단은 가지고 온 체력 물약을 들이켜며 행군에 참가할 수밖에 없는 상태.

아무래도 상대해야 할 적이 언데드다 보니 사제들은 최대한 신성력을 아끼는 게 좋다고 생각한 모양인 것 같았다.

반나절이 채 지나지 않았을 때 언데드들이 있다는 구역에 도착, 우리 파티는 처음 들어와 보는 지역이다.

애초에 언데드라는 몬스터를 마주한 것도 처음이다. 신기한지 여기저기를 기웃거린다.

"끄응……."

사제들은 대놓고 인상을 찡그리고 있었다.

암흑사제라는 직업을 가지고 있는 선희영 같은 경우에는 저들처럼 힘들어 하지는 않았지만 확실히 영향은 받는 모양.

김예리는 생각보다 겁이 많은지 김현성 옆에 달라붙어 있었고, 원래 겁이 많은 박덕구는 음산한 분위기에 위축되어 있었다.

우리 파티원 중에 그나마 멀쩡한 모습을 보이는 것은 정하얀과 김현성이다.

애초에 이 장소를 알고 있는 김현성은 논외라고 하더라도 싱글벙글 웃고 있는 정하얀은 조금 이해가 되지 않을 정도였다.

진입하면 진입할수록 날이 어두워지는 느낌.

단순히 밤이 되었기 때문이 아니다. 이곳을 감싸고 있는 분위기 자체가 어둑어둑하다.

'기분 나빠.'

발밑이 질퍽거리고 습기가 차 있는 찝찝한 분위기.

어디에선가 들려오는 언데드의 소리는 괜스레 긴장감을 증폭시킨다.

정확히 말하면 짜증을 불러일으키는 장소다. 특히 목적지에 가까워질수록 그런 감정들이 조금씩 커지기 시작했다.

'저주?'

자세하게 알 순 없다. 아마 장소 그 자체가 불쾌감을 불러일으키기 때문이리라.

"거, 정말로 짜증 나는 곳 아니요? 뭐라고 설명하기는 어렵지만."

"나도 느끼고 있다, 덕구야. 아마 목적지에 당도하면 조금 더 심해질 거야."

"끄응."

"언데드 같은 놈들이랑은 상종하기 싫었는데……."

"어쩔 수 없지."

속닥속닥 이야기를 나누자 목적지에 도착하는 것은 순식간. 도착한 곳은 신전 안에 있는 작은 방이었다.

막연히 찝찝한 감정이 들었다.

작은 방에 있는 책장을 뒤로 넘기니 던전으로 들어가는 입구가 시야에 들어왔다. 방 안에 알려지지 않은 입구가 하나 더 있었던 것. 정확히 뭐가 뭔지는 알 수 없지만 거꾸로 매달린 짐승의 펜던트라든지 기분 나쁜 장식이 눈에 띄었다.

신단이라기보다는 마치…….

'악마 숭배라도 했던 장소.'

지하로 향하는 입구를 바라보니 이곳을 발견한 파란의 길드마스터가 저주에 걸렸다는 이야기가 무엇인지 알 것 같았다.

사실 대놓고 저주가 걸릴 것 같은 분위기다. 얼마나 조심성 없게 들어왔는지는 모르지만 파란의 길드마스터는 자신의 능력을 무척이나 과신했던 모양.

'숨만 쉬어도 걸릴 것 같은데…….'

용기 있게 손을 뻗은 것도 어떻게 본다면 재능이다. 나처럼 몸을 사리는 놈들은 뭔가 확정되기 전까지는 이런 곳에는 얼씬도 하지 않을 것이다.

주변을 두리번거리며 분위기를 살피고 있었을 때, 이상희의 목소리가 들려왔다.

"저부터 진입하도록 하겠습니다. 7번대가 먼저 그리고 5번대는 그 뒤를 따라옵니다. 사제들은 정화 주문을 외워주세요."

"네."

선희영과 5번대 파티의 남자가 주문을 외우는 것이 보였다. 곧바로 이쪽에 빛이 쏟아져 내리자 차분하게 가라앉은 뇌가 다시금 붕 떠오르는 것처럼 느껴졌다.

'효과가 있어.'

아마 이 장소 자체가 기본적으로 마이너스한 감정을 분출하는 모양.

다른 이들도 모두 고개를 끄덕였고 이상희는 등을 돌린 뒤 발걸음을 옮겼다.

"가시죠, 기영 씨."

"형님."

"네."

물론 우리 역시 진입한 것은 당연지사. 곧바로 들어본 적 있는 정보가 쏟아져 내렸다.

[영웅 등급 던전 저주받은 신단에 입장하셨습니다. 인원[??/??]을 확인했습니다.]

곧바로 전투가 시작될 거라 생각했지만 그렇지는 않은 모양.

완전히 풍경이 변한 것처럼 보였던 공포의 정원과는 다르게 지금 우리가 위치한 던전 저주받은 신단은 바깥과의 괴리감이 느껴지지 않았다.

말 그대로 신전 지하에 있는 거대한 신단에 들어와 있는 느낌이다.

한껏 긴장한 것치고는 썰렁한 내부.

아니나 다를까 분주해진 이들이 시야에 비쳤다.

가장 바쁜 것은 역시나 궁수. 주위를 둘러보자마자 곧바로 말들을 쏟아내기 시작했다.

"근처에는 없는 것으로 보입니다. 아직 자세하게는 알 수 없지만 최소한 이 주변에 있는 흔적은 시간이 많이 지난 것들로 보입니다."

궁수의 말대로다.

최소한 이 근처는 안전.

일단은 공략이 완료된 지역이라고 하는 것이 맞으리라.

머리가 조금 지끈거리기는 했지만 아까처럼 기분 나쁜 감각이 몸을 감싸지는 않았다.

"전체적으로 조금 서둘러 이동한 것처럼 보이는군요."

"그렇습니까?"

"네. 속도를 올리면서 이동해도 될 것 같습니다."

"그 말대로 하겠습니다. 사제는 언제라도 주문을 외울 수 있도록 대비해 주세요."

"예. 알겠습니다."

파티가 진입하는 속도는 내가 생각했던 것보다 조금 더 빠르다. 물론 경계를 소홀이 하는 건 아니다.

언데드의 그림자도 보이지 않지만 이미 많은 파티를 집어삼킨 던전인 만큼 모두 조심해야 한다는 것을 인지하고 있다.

'무난하게 공략한 것 같은데.'

궁수의 눈으로 보지 않아도 알 수 있는 부분이다. 진입할수록 무척이나 깨끗한 내부가 시야에 들어온다. 전투의 흔적 역시 크게 들어오지 않는 것을 보니, 이전에 들어왔던 이들이 얼마나 무난히 이 구간을 돌파했는지 알 수 있었다.

"다음."

"네."

"다음 방으로 진입하겠습니다."

"네."

"그 다음 방으로……."

"네."

들어본 적 없는 목소리가 들려온 것은 바로 그때였다.

—저주가 내리리라.

'무슨 소리……'

나에게만 들린 목소리가 아니다. 모두 주변을 두리번거렸다. 이 신단 전체에 울리고 있는 목소리가 분명했다.

"방금."

"사제들은 다시 한번 정화 주문을……."

"네."

막상 큰일이 일어나진 않았지만 저런 목소리가 들려온다는 것은 확실히 긴장할 만하다. 솔직히 당장 이곳을 나가고 싶다는 생각이 들 정도.

이상희나 5번대는 아직까지 침착함을 유지하고 있지만 우리 파티는 조금 혼란스러워 보였다.

—저주가 내리리라…….

"마력은 느껴지나요?"

"아뇨. 느껴지지 않습니다. 마력 반응은…… 없습니다. 신성력 역시."

—침입자들에게 저주를 내리리라.

"아마도 던전 자체에 심어져 있는 기능으로 보입니다."

"어떤 종류의 저주인지는……."

"파악하기 어렵습니다. 단순히 목소리가 들려오는 게 고작이라."

"일단은 뒤로. 당장 뒤로 빼고 신성 방어 주문을."

이상희가 입을 열었던 그때였다.

바람이 불어오는 소리와 함께 순식간에 눈앞이 새하얗게 변하기 시작.

무슨 일이 일어났는지는 정확히 알 수 없다. 그렇지만 머리가 어지럽고 순식간에 구토감이 올라왔다. 나를 둘러싸고 있는 세계가 변화하는 느낌.

물론 이마저도 적절한 표현이 아니다.

정확히 지금 이 현상을 뭐라고 설명하기가 굉장히 어려웠다. 아마 나 말고도 다들 이런 현상을 겪고 있으리라고 생각한 것도 잠시.

풍경이 바뀐 뒤에 어디에선가 들려온 목소리에 깜짝 놀랄 수밖에 없었다.

ㅡ왜 그랬어요?

ㅡ어째서…… 저를 버렸나요.

'이런.'

눈앞에 보이는 것은 이름 모를 여자였다.

얼굴은 기억이 난다.

튜토리얼 당시에 아귀들에게 뜯어 먹혔던 여자였으니까.

살기 위해서 외면할 수밖에 없었다고는 하지만 잊을 수 없었다. 저 여자 대신 선택한 것이 식수와 식량이었으니 이상한 일은 아니리라.

줄곧 미안하다는 생각을 가지고 있었다.

"이건 또 무슨 개 같은 상황이야."

내장을 뚝뚝 떨어뜨리면서 이쪽으로 다가오는 모습은 가관. 아귀들에게 먹히고 있던 그 모습 그대로였다.

인상이 찡그려지기는 했지만 무섭다거나 하는 생각은 하지 않았다.

이미 인지하고 있었으니까.

'이건 가짜야.'

틀림없이 가짜다.

―아팠어요. 정말로요. 구해줄 거라고 생각했는데…… 분명히 그럴 거라고 믿었는데. 당신은 등을 돌렸어요.

"지랄."

―넌 쓰레기 같은 인간이야.

"박혜영."

심지어는 정하얀에게 죽은 박혜영의 목소리도 귓가에 들어와 꽂힌다. 팔과 다리가 절단된 채로 이쪽을 바라보는 눈에는 원망이 가득 차 있었다.

어째서 자신을 선택하지 않았느냐에 대한 원망이다.

물론 그녀는 이름 모를 여자와 경우가 다르다. 그녀를 살리는 선택지도 분명히 있었다.

그렇지만.

'죄책감 느낄 필요 없어.'

가장 합리적인 선택이었다.

─당신은 항상 그런 생각으로 자기 자신을 방어합니다. 합리적인 선택이었다. 어쩔 수 없었다. 무척이나 재미있습니다. 제가 보기에는 당신은 저와 같은 인간입니다.

"네가 그런 말을 할 자격이 있나? 미친 살인마 새끼가. 난 너랑 엄연히 달라."

'정진호.'

김현성의 칼이 목에 박힌 채로 다가오는 모습은 조금 그로테스크하다.

─다르지 않습니다. 우리는 같은 사람입니다. 우리는 이기적이고 탐욕스럽지요. 석우 씨가 죽은 이유도 필요에 의해서였습니까?

선희영이 죽여 버린 빈민, 유석우와 정진호의 똘마니 둘. 나와 관련된 이들이 하나둘 모습을 드러내고 있다.

'이런 종류의 저주인 건가?'

다른 이들도 이런 걸 보고 있다고 생각하지는 않았다. 전혀 의식하지 않고 있었지만 지금 내가 보고 있는 환각은 내가 가장 보기 싫어하는 장면일 것이다.

  일말의 죄책감이라는 감정이 남아 있는 모양. 솔직히 기분이 좋지만은 않다.

  ─네가 죽였어.

  "닥쳐."

  ─합리화. 당신은 비겁한 사람이야.

  "합리화하는 게 뭐가 나빠. 인간은 원래 그렇게 설계되어 있어. 어떻게든 상황을 합리화하게 되어 있다고, 머저리들아."

  ─그리고 넌 죄책감을 느끼고 있지.

  "당연히 가질 수 있는 감정이지만 후회하지는 않아."

  ─쓰레기.

  "할 말은 그것밖에 없나? 아무리 나를 비난한다고 한들, 현실은 내가 이 자리에 서 있다는 거야. 너희는 뒈져서 이곳에서 나를 원망할 뿐이고. 그건 절대 변하지 않아. 다시 한번 기회가 와도 나는 똑같이 행동한다."

  ─언젠가 너도 이 자리에 함께 서게 될 거야.

  "그건 네 희망사항이겠지."

  시야가 점점 밝아지기 시작한다.

  나를 바라보고 있는 이들이 천천히 흩어지기 시작. 순식간에 욕지기가 올라오기 시작했다.

  "우웨에에엑."

나도 모르게 안에 있는 것들을 쏟아낸 것은 당연지사.

한 번 뒈졌던 놈들의 시체를 다시 보는 건 그다지 유쾌한 일이 아니다. 대충 떠들어댔던 아까와는 다르게 식은땀 때문에 온몸이 흠뻑 젖어 있었다.

다리는 덜덜 떨리기 시작. 가짜라는 것을 인지하고 있는데도 불구하고 계속해서 입이 말라왔다.

'가짜야.'

–정말로 그렇게 생각해? 정말로 가짜일까?

'입 닥쳐.'

심지어는 현실로 돌아온 이후에도 계속해서 내 귓가로 속삭이는 놈들의 목소리가 들려왔다.

'제기랄.'

–네가 우릴 죽였어.

'제기랄.'

–네가 우릴 죽인 거야. 네가!

'제길.'

생각보다 대미지가 있다. 불쾌감이 치솟아 올라온 것은 너무나도 당연.

거칠게 숨을 헐떡이자 내 어깨를 두드리는 감각이 느껴졌다. 흠칫 놀라 순식간에 어깨에 있는 손을 뿌리치자 편안한 목소리가 들려왔다.

"당장 꺼져!"

"괜찮으십니까?"

눈에 보이는 것은 김현성. 조금은 마음이 편안해지는 느낌이 들었다.

이곳은 그곳이 아니다.

"아…… 네. 괜찮습니다."

김현성이 이쪽에 조금씩 마력을 보내주고 있는 것이다.

'다른 사람은…….'

아마 모두들 나와 같은 현상을 겪고 있을 것이다. 예상했던 대로 뭐라 설명할 수 없는 풍경이 시야에 들어왔다.

"아으아아아아아……."

부들부들 떨며 자신의 몸을 부여잡고 있는 김예리, 손을 휘두르며 자꾸만 뭔가를 뿌리치려고 하는 모습이다. 정확히 말하면 자신에게 다가오는 사람들을 밀어내려는 것처럼 보였다. 입을 오물거리며 뭐라고 말을 하려고 하는 것 같지만 말이 나오지 않는 것 같은 눈치.

"그만. 그만. 엄마. 엄마! 도와줘요. 구해주세요. 제발."

아마 빈민가에서 있었던 기억 중에 하나이리라.

대충 봐도 끔찍한 경험을 하고 왔다는 것이 느껴진다.

박덕구 같은 경우에는 몸을 웅크리고 있다. 한 마디도 하지 않은 채로 몸을 웅크리고 벌벌 떨고 있는 모습을 보니 어떤 걸

보고 있을지 상상이 가기 시작했다.

선희영도 그때의 기억을 보고 있는지 눈물을 흘리고 있는 모습. 비명은 지르지 않지만 입에서는 피가 흘러내리고 있었다. 입술을 꽉 깨물고 있는 것이다.

물론 그중에서도 가장 이해할 수 없는 모습을 보이고 있는 쪽은 정하얀.

"싫어어어어어! 싫어어어. 제발. 제발요. 오빠. 오빠."

'……'

"제발요. 잘못했어요. 제가 다 잘못했어요. 제발요. 제발…….

잘못했어요. 앞으로는 잘할게요. 제발 버리지 말아주세요. 제발……."

'시발.'

상황이 심각하다. 눈물이 흘러내리고 있었고 손톱에는 피가 묻어 있다. 손으로 자신의 살점을 뜯어버린 것이다. 머리카락이 듬성듬성 빠진 것을 보니 자신의 머리도 쥐어뜯은 모양. 숨을 쉬기 힘들어 하는 것은 물론, 너무 울어서 쉬어버렸는지 목소리가 갈라졌다.

"아, 안 돼."

'……'

"그 여자랑 그러지 마요. 그러지 마요, 오빠. 잘못했어요. 싫어. 싫어! 싫어!"

대충 무엇을 보고 있는지 예상이 간다.

그밖에도 다른 사람 모두 고개를 저으며 이상 반응을 보이고 있었다.

중간중간 깨어나고 있는 사람들이 보이기는 했지만 그대로 쓰러져 토악질을 해대거나 혼란스러워 하는 이들이 대부분.

이상희 같은 경우에는 자꾸만 어딘가를 향해 사과를 하고 있었다.

"죄송합니다. 정말로 죄송합니다. 정말로……."

정확하지는 않지만 지금 이 안에 들어와 있는 길드원들에게 사과를 하고 있는 느낌. 줄곧 생존자들을 걱정하고 있던 그녀였으니 당연한 반응이리라.

조용히 눈물을 흘리던 황정연도 깨어났는지 주위를 두리번거리는 게 시야에 비친다.

김현성을 제외하면 깨어난 이들은 대부분 지력이 높은 이들이다.

개인차가 있지만 가지고 있는 지력이 영향을 미치는 모양.

정하얀의 경우에는 아마 특이 케이스일 것이다.

'정신이 불안정하니까.'

지금 보고 있는 것을 밀어낼 수 없는 것이다.

"현성 씨는 혹시 언제……."

"저도 깨어난 지 얼마 되지 않았습니다."

"시간이 얼마나 지났습니까."

"얼마 되지 않은 것 같습니다. 저도 이해가 잘 안 됩니다만……."

족히 수십 분은 있었던 것 같다.

내게 일어난 일이 찰나의 순간에 일어난 일이라고는 믿기 힘들었다.

물론 사태를 파악하는 것보다는 해결하는 것이 먼저. 머릿속에서 맴도는 의문을 지워버린 이후에 김현성을 향해 급하게 입을 열었다.

"깨울 수 있는 방법은?"

"조용히 마력을 넣어주시는 게 가장 좋을 겁니다. 신성력이 조금 더 효과가 있기는 할 테지만요. 기영 씨는 일단 하얀 씨를 부탁드립니다."

"아. 네."

김현성은 일단 선희영을 깨워야겠다고 생각하는 모양. 황정연 역시 마찬가지인지 조금은 초췌한 얼굴로 자신의 파티의 사제를 향해 발걸음을 옮기는 모습이 보였다.

조금 마음을 가다듬자 어느덧 이쪽을 옭아매고 있는 이상한 감각이 사라지기 시작.

나 역시 정하얀 쪽으로 슬그머니 발걸음을 옮겼다.

"죽여야 해……."

'뭔 소리야.'

"주, 죽여야 해. 전부, 전부 죽여야 해. 그래야 오빠랑 하나가 될 수 있어. 그래. 그래요. 그게 맞아. 전부 죽이는 거야."

조용히 중얼거려 아마 다른 사람들에게는 들리지 않을 것이다.

하나가 된다는 소리가 무슨 소리인지는 모르겠지만 뭔가 무섭게 들려오기는 한다.

조용히 다가가 손을 잡고 마력을 밀어 넣으니 정하얀의 혈색이 조금씩 돌아오는 게 느껴졌다.

"항상 같이 있을 거야."

조용히 귓가에 속삭여 주는 것은 당연.

정하얀이라면 금방 벗어날 수 있으리라.

정하얀의 정신이 돌아온 것처럼 느껴진 것은 바로 그때였다. 분명히 눈을 뜨고 있기는 했지만 마치 의식을 회복하고 있는 느낌. 거친 호흡도 차차 나아진다. 덜덜 떨리던 팔과 다리도 어느 순간 멈칫하는 것을 보니 확실히 정신이 돌아온 모양이다.

허공을 바라보고 있던 시선도 이쪽을 바라보고 있다.

"오빠?"

"괜찮지?"

"오, 오빠."

"응."

놓치기 싫다는 듯이 내 목을 꽉 끌어안아 온다. 숨이 턱 막혔지만 티를 낼 수는 없는 노릇.

"오빠⋯⋯. 오빠. 오빠."

"그래 여기 있다."

반쯤 울먹이는 목소리에 이어 흐느낀다.

방금 자신이 본 것이 환상이었다는 사실을 인지한 것이다. 악몽을 꾼 자식을 돌보는 기분이 들었지만 나쁘지는 않다.

―넌 그녀도 버릴 거야.

계속해서 목소리가 들려오기는 했지만 무시하는 것이 당연. 저주의 효과일 것이다.

―저주의 효과 같은 게 아니야. 네 마음속에서 들리는 목소리인 것이지.

아마 지금 이 목소리를 듣고 있는 것은 나뿐만이 아닐 것이다. 깨어난 이후에도 조금씩 혼잣말을 하고 있는 이들이 보인다.

―결국 네 곁에는 아무도 남지 않을 거야. 네가 전부 버릴 테니까. 네 옆에 있는 이들도 언젠가는 우리와 함께 너를 바라보게 될 거야. 틀림없이.

"오빠 맞죠?"

"그래."

"진짜 오빠야……."

"그래, 맞아."

자꾸만 확인하려는 듯이 말을 걸고 있는 정하얀만 봐도 알 수 있다. 그녀에게도 지금 목소리가 들리고 있다.

그게 무슨 목소리인지 이쪽이 알 수 없다는 게 조금 불안한 부분.

엉망이 된 정하얀을 바라보며 침을 꿀꺽 삼켰다.

'불안한데.'

폭탄이 터질 것 같은 느낌이 든다.

그만큼 정하얀의 상태는 불안정해 보였다.

사실 정하얀뿐만이 아니다.

나는 그나마 낫다고 할 수 있었지만 불안 증세를 보이고 있는 이들이 너무나 많다.

예를 들면 김예리가 그렇다. 김현성에게 매미처럼 달라붙어 있는 모습은 항상 담담한 표정을 보내왔던 꼬마의 평소와 사뭇 달랐다.

아직 어리다 보니 저런 모습을 보이는 게 이해가 간다. 뭘 봤는지 알 수 없지만 여러 정황상 그녀가 본 것은 끔찍한 트라우마였을 것이다.

정하얀 역시 마찬가지다. 확실하지는 않지만 정하얀이 본 그림은 나에게 버림받는 상황일 터. 이 저주가 사람의 약한 부분을 파고든다는 걸 다시 한번 깨달을 수 있었다.

아무튼 간에 조금씩 정신을 차리고 있는 이들이 눈에 들어온다. 이미 대부분이 저주의 영향에서 벗어난 상황. 그렇지만 누구하나 먼저 입을 여는 사람이 없었다.

나를 꽉 껴안고 있는 정하얀의 머리를 쓰다듬으며 시간을 보내자 이윽고 정돈된 장내에서 목소리가 튀어나왔다.

목소리의 주인공은 이상희였다.

"피, 피해 상황 보고해 주세요."

"전무합니다. 저주의 종류는 정신계의 일종으로 보이며 그 외에 다른 효과는 없는 걸로 생각됩니다. 환청과 환각을 보이게 하는 것 같습니다."

"움직일 수 없는 분이 있나요?"

"외상을 입은 사람은 없습니다."

육체적인 대미지는 없다. 그렇지만 대미지가 아예 없다고는 할 수 없다. 정신적으로는 많이 피폐해지고 있는 상황을 겪었을 테니까.

어째서 파란의 파티가 이곳에서 전멸했는지 알 수 있을 것 같다.

만약 이 던전이 저주받은 신단이라는 그 이름처럼 이런 저주가 중첩되거나 심각해진다고 가정한다면…….

'심각해질 거야.'

사태는 걷잡을 수 없이 심각해질 수도 있다고 생각했다.

이상희가 머리를 매만지며 다시 한번 입을 열었다.

"혹시 환청이 들리는 분이 있습니까?"

모두들 대답이 없다. 아마 조금씩 들리고 있을 것이다.

나는 그녀의 질문에 천천히 입을 열었다.

"들리고 있습니다."

"그렇군요."

"아마 다른 분도 마찬가지일 거라고 생각합니다."

"신성 정화 주문으로도 해주되지 않는 것 같군요. 아마도 던전 자체에 내장되어 있는 저주일 것 같습니다. 일정 구역에 진입할 때나 일정 시간이 지날 때마다 저주가 한 번씩 내려질 가능성이 큽니다."

'괜찮은 추론이야.'

그녀 역시 나와 생각이 같다.

슬쩍 김현성을 바라보니 고개를 끄덕이는 것이 보인다. 완벽한 정답은 아닐지언정 어느 정도 답을 찾은 것이다.

"혹은 지금과 같은 증상이 조금씩 심해질 수도 있겠군요. 만약에 언데드들이 함께 있는 상황에서 이런 종류의 저주가 쏟아진다면……."

큰 피해를 입을 것은 너무나도 자명한 일.

그렇지만 정말로 위험한 것은 지금 내리고 있는 저주 그 자체라고 생각했다.

언데드나 망령 따위는 어떻게 생각해도 에피타이저.

던전의 이름이 말해주는 것처럼 이 저주받은 신단의 공략법은 해주에 있다.

―결국 넌 혼자 남게 될 거야.

'입 닫아.'

단언컨대 이 저주를 해주하지 못하면 상황은 걷잡을 수 없을 것이다. 이상희나 5번대 경우에는 지금 들리는 목소리에 저항할 수 있겠지만 김현성을 제외한 우리 7번대는 상황이 다르다.

내 입으로 말하기에는 뭐하지만 확실히 김현성 파티의 성장은 빠르다. 이해할 수 없을 정도의 속도라고 해도 과언이 아니리라.

당장 나조차도 수많은 지원과 라무스 터커의 연금학개론으로 인해 파티의 성장을 따라가고 있는 상황.

본래 전설 이상의 재능을 가지고 있는 이들은 두말할 필요는 없다.

그렇지만 스펙이 높다고 해서 파티가 강한 것은 아니다.

우리 파티는 정신적으로 문제가 있는 이들이 많다. 이를테면 육체의 성장을 정신이 따라가지 못한다는 뜻.

'노린 건가.'

이것을 고려한 김현성이 일부로 우리를 이 던전 안으로 데려온 것은 아닌가, 싶지만 가능성은 희박하다.

놈은 최소한 남의 목숨을 저울질 하지는 않는다. 만약 일반적인 던전이었다면 고개를 끄덕였을 수도 있겠지만.

'지금은 상황이 심각해.'

말 그대로다. 우리 파티뿐만이 아니라 다른 이들도 비슷한 상황이었으니까.

이런 상황에서 원정대가 선택할 수 있는 것은 세 가지.

첫 번째는 귀환하는 것이다.

던전에 대한 정보가 너무 부족하다. 아무리 생존자 구출에 초점이 맞춰져 있기는 하지만 그래도 위험요소가 아예 없는 것은 아니다. 만약 원정대장이 조금 신중한 성격이었다면 틀림없이 첫 번째 선택지를 골랐을 것이다.

두 번째는 계속해서 진입하는 것.

사실상 추천하고 싶지는 않지만 생존자의 상태를 모르는 지금, 한시가 급한 것을 고려하면 이런 선택지도 나쁘지는 않다.

마지막 세 번째는.

"일단은 이곳에 캠프를 차리는 게 좋을 것 같습니다."

'그렇지.'

"근접 직군 여러분은 조를 짜서 주변 수색과 함께 공략에 힌트가 될 만할 정보를 찾아주세요. 나머지 인원은 이곳에 캠프를 만들겠습니다. 식사를 준비해 주세요. 지금은 휴식을 취해야 될 것 같습니다. 일단은 5번대 여러분을 중심으로…….”

“저도 함께 다녀오도록 하겠습니다.”

“몸은 괜찮으신 건가요?”

“네. 이유는 모르겠지만 저주의 크게 영향을 받은 것 같지는 않습니다. 목소리가 들리긴 하지만 신경 쓰일 정도는 아니군요.”

“아. 그렇다면…… 부탁드리겠습니다, 현성 씨.”

내가 생각해도 지금은 이게 가장 베스트다.

저주를 받았다는 것 이전에 원정대가 전체적으로 지쳐 있다. 반나절 넘게 행군했고 신단에 들어온 뒤로도 약 6시간 정도가 지났다.

아마 이런 상태로 무리하게 수색 작업에 진행하면 어느 순간 한계를 맞이할 것이다.

특히나 사제나 마법사 직군들은 이미 육체적으로도 한계에 가까운 만큼 몸을 쉬는 시간은 꼭 필요하다.

“이곳에서 수면을 취한 뒤에 내일 아침 곧바로 작업에 들어갈 수 있도록 하겠습니다. 정확히 3일을 머물고 차도가 없다고 판단되면 던전에서 벗어나겠습니다. 그리고.”

“예.”

"만약에 지금 걸려 있는 저주가 해주되지 않는다고 한다면 따로 방도를 찾는 게 좋을 것 같습니다."

"그럴 가능성이 있습니까?"

충분하다 못해 넘친다.

보통 저주라는 건 반영구적이라고 할 수 있으니 말이다.

"예. 일단은 몸을 회복하는 데 전념해 주세요. 대응책은 수색대가 돌아온 이후에 찾을 수 있도록 하겠습니다."

이상희가 말을 마치자 김현성과 김예리를 포함한 민첩 수치가 높은 몇몇이 차출되어 밖으로 나가는 것이 보였다.

움직임이 느린 전위들은 캠프를 만드는 데 최선을 다하고 있는 상황.

굳이 자신도 나가겠다고 하는 것을 보니 김현성 나름대로 이 신단을 제어할 수 있는 묘안이 있는 모양.

'어쩌면 다른 힌트를 주워올지도 모르고.'

바깥사람이 밖으로 나간다면 안사람으로서 해야 할 임무는 뻔하다. 우리 자식들의 멘탈을 케어해 주는 게 할당된 임무일 터.

굳이 나에게 다른 이들을 부탁하지는 않았지만 나를 믿고 있는 것이 느껴졌다.

금방 안정을 찾은 성희영과는 반대로 아직까지 명한 표정을 하고 있는 덕구 녀석이 첫 번째 카운셀링 상대.

정하얀은 이쪽에 붙어 있는 것만으로도 자연치유가 된다.

나뿐만이 아니라 여기저기서 대화를 나누고 있는 이들을 보니 확실히 사람과의 대화가 해결책이라는 걸 깨닫고 있는 것 같았다.

"덕구야."

"아, 형님."

눈에 띄게 초췌한 얼굴, 내 옆에 붙어 있는 정하얀에게도 인사를 건네는 놈의 모습이 비쳤다.

"좀 괜찮아?"

"무, 물론이요."

"진지하게 물어보는 거다."

"거, 걱정하지 않아도 됩니다, 형님. 누님이나 잘 챙겨주쇼. 나는 끄떡없으니까."

'이 돼지가…….'

"뭘 봤는데."

"별거 아니요."

말을 아끼는 느낌. 자신이 이런 모습을 보이는 게 짐이 되고 있다고 생각하는 것 같다.

조용히 녀석을 응시하자 조금은 불안해하는 얼굴이 눈에 보인다.

"나는 내가 죽인 이들이나 내 앞에서 죽은 이들의 목소리가 들렸다."

"어……."

"유석우 그리고 구해주지 못했던 여자나 박혜영의 시체도 봤어. 물론 정진호와 그 똘마니들의 얼굴도 보였고. 나보고 곧 죽을 거라고 말하더구나. 지금도 욕하고 있어. 자신들의 죽음을 합리화하지 말라고 외치기도 했다."

"……."

"너는?"

무척 고민하고 있는 얼굴이다.

말하는 게 맞는 건지 아니면 말하지 않아도 되는 건지 우물쭈물거리고 있다.

어쩌면 자신의 약점이나 트라우마에 관련된 이야기일 수도 있으니 조심스러운 게 당연할 것이다.

그렇지만 이쪽이 먼저 입을 연 것이 큰 도움이 된 모양.

결국에는 슬쩍 입을 열어오는 얼굴이 보였다.

"저, 저는…… 혀, 형님이랑 다른 파티원들이 죽는 걸 봤소. 거대한 괴물이랑 싸우고 있는 도중이었는데 도저히 버틸 수가 없어서. 그, 그러려고 한 건 아닌데 잠깐 움찔한 사이에 형님이 다치고 누님도 다쳐서, 뭐라고 말해야 될지 모르겠는데…… 그게, 그러니까……. 끄으으윽."

어지간히 충격이었던 것 같다.

입을 열면서도 눈물이 그렁그렁 맺히고 있었고 목이 메는지 말을 더듬는다.

사실 덕구 녀석이 마음이 약하다는 건 어느 정도 알고 있었지만 이 정도일 거라고는 미처 생각 못 했다.

'유석우를 죽였을 때도…….'

박덕구는 그 장면을 굳이 쳐다보지 않았다.

"그다음에는 형님이랑 누님들이 나를 비난하는 걸 봤소. 너 때문에 죽었다고. 다 나 때문이라고……. 나는 아무것도 하지 않고 벌벌 떨고만 있었는데, 또다시 같은 상황이 찾아왔는데도 움직이지 못했소. 계속 움직이지 못해서…….."

"다음에는?"

"마찬가지였……. 한 번도 구하지 못하고 계속해서…….."

"목소리는 지금도 들려?"

고개를 끄덕이는 얼굴이 보였다.

"뭐라고."

"겁쟁이, 너 때문이라고 계속 그렇게 말합디다."

"누가?"

"형님이랑 누님 목소리요. 현성 형씨 목소리도 들리고 희형 누님 목소리랑 꼬맹이 목소리도 조금씩 들리는 것 같소. 형님도 마찬가지요?"

"물론이다. 나도 똑같이 들려. 아까 말했던 것처럼 지금도.

그래도 별로 아무렇지도 않아."

"역시 형님은……."

"역시 형님은…… 같은 소리 마. 네가 본 건 단순한 환각이나 환청이야."

이건 박덕구에게 하는 소리지만 옆에 있는 선희영이나 정하얀에게 하는 이야기이기도 했다.

"굳이 흔들릴 이유도 없고 신경 쓸 필요도 없다. 어차피 개소리니까. 한 귀로 듣고 한 귀로 흘려. 지금 네가 실제로 보는 것에 집중해라."

"아……."

"내가 하면 너는 더 잘할 수 있다, 덕구야."

"아, 알겠소."

"계속 생각해. 내가 하면 너는 더 잘할 수 있는 거야."

당연하지만 이걸로 됐다고 생각하지는 않는다.

그렇지만 놈은 내 목소리에 잘 흔들리는 편이니 어느 정도는 효과가 있으리라.

조금은 기분이 나아진 얼굴을 보니 확실할 것이다.

그밖에도 여러 이야기를 나눴다. 선희영과도 짧은 이야기를 나눴고 이상희와 황정연, 김현성과 함께 앞으로의 방향에 대해서 이야기를 나누고 식사 시간을 가졌다.

물론, 그 외에 시간에는 모조리 정하얀에게 투자한 것이 당연지사. 계속해서 대화를 나누는 것으로 정신을 붙잡아 줘야 한다고 생각했다.

정하얀의 경우에도 박덕구처럼 이야기해 보는 게 어떨까 생각해 봤지만 이쪽에 제대로 호응해 주지 않는 것이 문제였다.

사실 자신이 봤던 최악의 상황을 입 밖으로 꺼내기도 싫은 것이리라.

'……'

뭘 봤냐고 이야기를 하는 것만으로도 입술이 터질 정도로 깨무는 모습을 보고서는 포기할 수밖에 없었다.

무리하게 괜찮은 척을 했던 박덕구와는 사정이 달랐다.

모두가 예민해져 있기는 했지만 아직까지는 버틸 수 있는 상황. 기껏해야 환청이 들리는 것 정도가 전부였고 상황이 악화되고 있는 사람은 일단은 없었다.

신성력으로 저주를 해주는 것은 불가능했지만 그래도 현 상태를 유지하는 데 도움이 된 것이다.

'잠깐 휴식을 취한 것은……'

최고의 선택이라고 말할 수 있을 정도. 불침번을 제외한 이들은 모두 잠깐 눈을 붙였고 그건 나 역시 예외가 아니었다.

잠을 제대로 자기 힘든 상황이기는 했지만 오랜 여정에 지쳤기 때문에 금방 잠에 빠져들 수 있었다.

물론, 계속해서 눈을 붙일 수 있었던 것은 아니었다.

'아…….'

어느 순간부터 정하얀이 커다랗게 눈을 뜨고 이쪽을 바라보고 있었다는 걸 인지하고 있었기 때문이다.

"영원히 함께인 거야. 으응……. 아니야. 오빠가 그럴 리가 없어. 네 말은 바보 같아. 오빠가 네 말은 무시하라고 했어. 그러니까 넌 없는 거야."

누구와 대화를 나누는 건지 알 수 없지만 이쪽의 귀에 속삭이고 있는 소리가 들려온다.

"네 말은 안 들어. 바보 멍청아. 오빠가 죽으면 안 된다니까? 나는 오빠랑 영원히 함께 살 거야."

'제기랄…….'

"우리는 영원히 함께예요. 함께 살 수 있어요. 여기서 쭉 함께 지내요. 오빠. 히히히."

소름이 끼칠 정도의 목소리였다.

계속해서 귓가로 속삭이는 것을 보니 이쪽이 잠에서 깰 것이라고는 생각하지 않는 모양이다. 아니, 애초에 지금은…….

'정상적인 판단이 가능한 상태가 아닌가?'

애초에 정하얀의 정신은 그다지 건강하지가 않다.

선희영 역시 비슷하다고 할 수 있겠지만 그녀 같은 경우에는 이미 확고한 가치관이 자리 잡고 있는 상태라고 할 수 있으리라.

이쪽에 전적으로 의지하고 있는 정하얀과는 본질적으로 다르다. 조금 더 정확히 하자면 자신을 제어할 수 있는가 제어하지 못하는 가의 차이라고 할 수 있으리라.

정하얀에게 들리는 목소리가 누구의 것인지는 알 수 없지만……

"네 말은 안 들을 거라니까. 그러니까 나한테 말 걸지 마. 어차피 안 들을 거야."

어쩌면 자기 자신일 수도 있다고 생각했다.

정황상 그렇게 생각하는 것이 맞다. 죽여서 소유하는 것이 옳다고 말해오고 있는 것이다.

"오빠는 죽으면 안 된다니까. 다리만? 도망칠 거라고? 그럴 리가 없잖아. 오빠는 나를 사랑한다고 말해줬으니까. 절대로 안 도망쳐. 그리고 그렇게 하면 오빠가 아프잖아. 그건 싫은데……"

순간적으로 이쪽의 다리를 쓰다듬는 손길이 느껴졌다. 별것 아닌 손길임에도 비명을 내지르고 싶은 심정, 뿌리치고 싶지만 뿌리칠 수도 없는 게 문제였다.

지금 나는 자고 있는 상태여야 했으니까.

"그래도 혹시 모르니까? 안 된다니까. 굳이 그렇게까지 할 필요 없어. 팔도 안 되지. 그럼 머리를 쓰다듬어주는 손이 없어지는 거니까, 바보야. 꽉 껴안아 주지도 못할 거라고. 넌 멍청이야.”

“…….”

‘제기랄.’

상태가 더 심각해지고 있는 것 같았다.

왜 저러고 있는 건지 이해는 간다.

당장 내 귓가로도 정하얀의 목소리 이외에 목소리가 계속해서 들려온다.

빌어먹을 정진호와 박혜영의 목소리 때문에 짜증이 치솟을 지경.

본래 불안정한 정신에 저주까지 겹치니 어느 한쪽이 마모된 것이 틀림없다. 다른 사람들보다 저주가 정신을 침식하는 속도가 빠른 것이다.

본인은 계속해서 영향이 없다고 말하고 있지만 내가 보기에는 틀림없이 정하얀은 목소리에 흔들리고 있다.

그렇지만…….

‘아직 완전히 미친 건 아니야.’

최소한 남들에게는 이런 모습을 보이면 안 된다는 것을 인지하고 있다는 것이 첫 번째 증거.

누군가 뒤척일 때마다 조용히 입을 닫고 있다. 아직 제 정신을 유지하고 있기는 한 것이다.

입을 꾹 담고 최대한 눈을 뜨지 않으려고 했던 그때였다.

"깨어 있는 것 같다고?"

"……."

"아니야. 지금까지도 한 번도 깬 적 없었어. 오빠는 한 번 자면 쉽게 일어나지 않으니까. 마법도……."

"……."

"……."

"아. 여기는 집이 아니었지. 깜빡했다."

'개…….'

눈을 감고 있지만 정하얀의 얼굴이 가까이 다가오고 있는 것이 느껴진다. 거친 호흡이 그대로 이쪽으로 전달되고 있었기 때문이다.

내가 정말로 잠을 자는지 확인이라고 하려는 모양새였다.

한참이나 시간이 지난 뒤에서야 이쪽의 입술에 살짝 입을 맞추고 돌아가는 것을 느낄 수 있었다.

'후…….'

부스럭거리는 소리가 들리는 것을 보니 계속해서 내 옆에 있는 것은 위험하다고 판단한 모양.

정하얀의 숨소리도 느껴지지 않았고 이쪽을 만지는 손길도 없다.

이미 자신의 자리로 자리를 옮긴 것이다. 시간이 어느 정도 지난 직후 살짝 눈을 떠볼까 고민하던 바로 그때 다시 한번 목소리가 들려왔다.

"내 말이 맞지? 아직 자고 있잖아. 히히히."

다시 한번 몸을 움직이는 소리가 들려온다. 이번에는 정말로 멀어진 것이다.

최대한 잠을 자려고 해봤지만 졸음이 쏟아질 리가 만무.

그나마 앞전에 숙면을 취했기 때문에 그렇게 피곤하다는 느낌은 없지만 던전 공략보다 더 큰 숙제를 받은 것 같아 초조해지기 시작했다. 까놓고 말해서 내게 있어서는 더 이상 던전이 문제가 아니다.

'정리해 보자.'

이 사태를 해결하는 게 더 중요하다.

사실 정하얀의 이상 행동은 하루 이틀 일이라고는 볼 수 없다. 애초에 내 방과 나에게 마법을 걸었던 것도 충분히 이해할 수 없는 행동이기는 했다.

그렇지만 그건 나에게 위해를 끼치기 위함이 아니었다.

오히려 보호의 의미가 더 크다고 할 수 있으리라.

연적으로부터의 보호이기도 했고 보이지 않는 위협으로부터 나를 지키기 위함이기도 했다. 침대에 걸려 있었던 수많은 마법 역시 이쪽을 최대한 배려해준 나름의 착한 짓이었다.

간단히 말하자면 정하얀은 내 쪽에는 최대한 해를 끼치지 않으려고 한다는 이야기가 된다.

지금의 상황과는 완전히 딴판이다.

'지금은…….'

이쪽에 해를 끼치는 걸로 범위를 확대시키려고 하고 있다. 방금을 생각해 보면 거의 확실할 것이다. 계획하고 있는 것은 아마도…….

'평생 둘이서만 이 던전에서 영원히 함께 지내는 것.'

기가 차서 제대로 말도 나오지 않는다.

애초에 이곳에서 식수나 먹을 것들을 구할 수 있다고 생각하는 발상 자체가 우습다.

식수는 마법으로 어떻게든 구할 수 있겠지만 이곳은 사람이 살아갈 수 있는 장소가 아니다.

물론 아직까지 정하얀이 움직인다는 확신은 없지만 일어날 수 있는 일에는 최대한 대응하는 것이 옳다고 생각했다.

정하얀이 정말로 마음을 먹었다고 가정했을 때, 그녀의 선택지는 두 가지.

하나는 이곳에 들어온 이들을 죽이고 숨는 것. 나머지 하나는 나만 데리고 사라지는 것.

두 번째 선택지를 더 염두에 두는 것 같기는 했지만 지금보다 더 사태가 심각해진다면 첫 번째를 선택하지 않으리라는 보장도 없다.

'물론.'

정하얀이 이 원정대를 전부 죽일 수 있을 거라고는 생각하지 않지만⋯⋯.

'가능할 수도 있어.'

정하얀은 내가 생각하는 것보다 더 똑똑하고 용의주도하다.

이전에 박혜영을 처리하던 것과는 차원이 다르다.

지금 우리가 있는 장소는 파란의 다섯 파티를 집어 삼켜 버린 던전이고 모두 환청과 환각을 듣고 있는 상태. 김현성이 있다고는 하지만 회귀자가 그리고 있는 그림에 정하얀이라는 변수는 들어가 있지 않을 것이다.

만약 정하얀의 계획이 실행에 옮겨지고 성공적으로 마무리된다고 한다면 지금 우리가 있는 던전은 영웅 등급의 던전, 저주받은 신단이 아니라.

전설 등급의 던전 미친 마법사와 저주받은 신단으로 네이밍이 바뀔지도 모른다.

'미친 마법사와 저주받은 신단⋯⋯.'

다시 한번 생각해도 그럴 듯하다.

정하얀의 입장에서 이 던전을 공략하러 들어온 이들은 사랑의 보금자리를 파괴하려는 이들로 보일 테니 말이다.

배드 엔딩 중에서도 최고의 배드 엔딩이라고 할 수 있는 상황.

당연하지만 이런 곳에서 평생을 썩고 싶은 마음은 없다.

이곳이 안전하고 안락한 곳이 될지도 모르겠지만 자유가 억압되는 것은 취향이라고 할 수 없다.

'어떻게 해야 하지.'

여러 가지 선택지가 있지만 일단은 정하얀의 멘탈을 최대한 잡아두는 것이 첫 번째.

던전 공략 말고도 해결해야 되는 숙제를 한 가지 더 떠안게 되어버렸다.

계속해서 앞으로의 행동 방향에 대해 떠올리고 있었을 때 어느 순간 시간이 되었는지 주변이 분주해지기 시작했다.

가장 먼저 들려온 목소리는 역시나 정하얀의 목소리였다.

"오빠, 일어날 시간이에요."

"아…… 응."

고개를 끄덕이며 정하얀을 바라보자 그녀의 상태창이 시야에 비친다.

[플레이어 정하얀의 상태창과 잠재 능력을 확인합니다.]

[이름 – 정하얀]

[칭호 – 없습니다. 조금 더 노력하셔야겠네요.]

[나이 – 21]

[성향 – ??]

[직업 – 대마법사 – 영웅 등급]

[능력치]

[근력 – 17/성장한계치 희귀 이하]

[민첩 – 15/성장한계치 희귀 이하]

[체력 – 29/성장한계치 영웅 이하]

[지력 – 61/성장한계치 영웅 이상]

[내구 – 22/성장한계치 희귀 이하]

[행운 – 52/성장한계치 영웅 이상]

[마력 – 70/성장한계치 전설 이상]

[장비 – 신성한 보호]

[특성 – 마법사가 되는 방법 – 영웅 등급]

[총평 – 무척 빠른 성장 속도가 눈에 띕니다. 플레이어 정하얀은 마력과 마법에 대해 완벽에 가까울 정도로 이해하고 있습니다. 아직까지 지력이 낮아 상위 단계로 발돋움하기 힘들어 보입니다만 얼마 걸리지 않아 탄력을 받을 것입니다. 플레이어 이기영을 언급하는 것 자체가 죄송할 지경입니다. 재미있는 것이 보입니다. 성향이 변화하고 있는 것이 눈에 띄는군요. 저주받은 신단을 새로운 형태의 던전으로 탈바꿈시키고 싶지 않으시다면 노력해야겠네요. 그

동안 정이 들었는데 부디 살아남으시길 빌겠습니다.]

'이럴 것 같더라니.'

그나마 다행이라고 할 수 있는 것은 아직까지 성향의 변화가 완전하지 않다는 점.

저 물음표가 뭘 뜻하는 건지는 알 수 없지만 총평의 말대로라면 정하얀은 지금 기로에 서 있다는 이야기가 된다. 계속해서 순수한 옹호자라는 성향을 이어갈지, 아니면 전혀 새로운 모습으로 바뀔지 말이다.

뒤바뀔 성향이 뭔지는 알 수 없지만 적어도 긍정적인 영향은 없다고 해도 과언이 아니라고 생각했다.

다시 한번 정하얀을 바라보자 평소와 같은 얼굴을 볼 수 있다. 아무렇지도 않은 것 같아 내가 다 당황스러울 정도였다.

"헤헤헤."

그렇지만 곧바로 연기에 돌입한 것은 당연지사. 웃으며 얼굴을 쓰다듬으니 무척이나 기뻐하는 것 같은 모습이 보인다.

"아직도 목소리가 들려? 하얀아?"

"네. 조금씩은 들려요. 그래도 이제는 아무렇지도 않아요. 그냥 환청이니까요."

"정확히 뭐라고 말하고 있는데?"

"잘 모르겠어요. 이제는 잘 들리지도 않아서요. 걱정 안 하셔도 돼요."

거짓말.

"그래. 다행이네. 일단은 출발할 준비부터 해야지. 다른 사람들은?"

"30분 뒤에 출발한다고 들었어요. 다들 짐 정리하는 것 같은데……."

손을 꼬옥 잡아오는 모습. 나 역시 살짝 웃으며 정하얀의 입술에 입을 맞췄다. 무척이나 자연스럽게 말이다.

이게 웬 떡이냐는 듯 정하얀이 내 목을 감싸 앉았지만 시간이 없었기 때문에 그 이상으로는 나아가지 않았다.

마치 오래된 연인이 아침 인사를 나누는 느낌.

잠깐이었지만 얼굴을 붉히고 있는 정하얀이 눈에 들어왔다.

'좋아.'

나쁘지 않은 반응이다. 내 쪽에서 조금 더 적극적으로 움직이는 게 좋을 것 같았기에 시도해 보기는 했지만 일단은 괜찮아 보인다.

몸을 조금 더 밀착시키는 것은 물론 계속해서 듣기 좋은 말을 해주는 것은 당연지사.

지금 정하얀에게 필요한 건 더 큰 애정이라고 생각했다.

혼잣말을 하고 있지도 않고 눈이 이상해 보이지도 않다. 최소한 나와 함께 있을 때면 상태가 심각해지지는 않는다.

"떠날 준비는?"

"제가 다 해놨어요. 헤헤."

"아. 고마워. 그럼 나갈까?"

"네."

"아. 오빠 잠깐…… 할 말이 있는데요."

"응?"

"저번에……. 저번에 말이에요."

"응. 저번에?"

"저희가 그러니까…… 처, 첫, 첫키스했을 때 있잖아요?"

기억난다.

차희라에게 가기 전에 그녀를 안심시키기 위해 입을 맞췄던 적이 있다.

"그때."

"……."

"사, 사랑한다고 말해주셨잖아요? 저밖에 없다고 말씀해주셨잖아요?"

"응. 그랬지."

"지금도…… 똑같으시죠? 저 사랑하는 거 맞죠?"

'이거…….'

뭐라고 답하는 것이 정답인 건지 구분하기 힘들었다.

그렇지만 대답을 요구하는 눈빛을 보니 현재 내가 어떤 선택지에 당도했다는 걸 깨달을 수 있었다.

일반적으로 생각한다면 당연히 고개를 끄덕이는 것이 정답. 그렇지만 정말로 이게 정답인 건지 구분하기 무척 힘들었다.

말 한 마디로 그녀의 성향이 바뀌지는 않을지 걱정이 되는 것이 당연하다.

머릿속으로 여러 가지 계산을 하고 있었을 때, 다시 한번 대답을 강요하는 목소리가 들려왔다.

"사랑하는 거 맞죠?"

급해 보이는 눈. 고개를 끄덕이며 천천히 말을 이었다.

"물론, 지금도 사랑하고 앞으로도 계속 사랑할 거야."

"아…… 다행이다."

"그런데…… 갑자기 왜?"

"아무것도 아니에요."

무척이나 기뻐하는 얼굴. 그렇지만 내가 선택한 것이 정답인지에 대한 여부는 아직 결정되지 않았다.

아직까지 성향에 변화가 없었으니까.

"저도 사랑해요, 오빠."

"나도……."

정하얀의 상태창에 변화가 생긴 것은 바로 그때였다.

[성향 – 타락한 옹호자]

'이렇게 갑자기 타락하지 마…….'라는 말이 목구멍까지 튀어나왔다.

'정답이 아니었어.'

사랑한다는 말이 정답이 아니었다는 것을 깨닫는 것은 순식간이다.

그렇지만 다른 선택지를 선택할 수 없었다는 것이 문제.

이제는 사랑하지 않는다는 말을 하는 순간 어떤 반응을 보일지 예상할 수 없었기 때문이다.

둘 다 정답이 아니라고 한다면 차라리 예상 가능하게 행동하는 편이 조금 더 낫다. 그나마 지금 같은 경우에는 행동 방향을 예측할 수 있었으니까.

최대한 티를 내지 않으며 웃으니 마찬가지로 이쪽으로 웃음을 보낸다.

'대책을 마련해야 해.'

앞서 말했던 것처럼 던전의 공략 이외에도 정하얀을 제어할 수 있는 방법을 생각해내야 한다. 여러 가지 선택지가 떠오르기는 했지만 가장 효과적인 방법을 떠올리는 것은 순식간. 정하얀을 아예 떨어뜨리거나 배제하는 것도 생각하지 않은 것은 아니었지만 어디까지나 그건 최후의 수단이라고 생각했다.

"잠깐 회의 좀 하고 올게, 하얀아. 덕구랑 희영 씨랑 같이 준비하고 있어."

"네! 오빠."

그나마 떨어질 수 있는 시간은 간부들이 이야기를 나누는 시간.

내가 가장 마지막에 나왔는지 벌써부터 이야기를 나누고 있는 황정연과 김현성, 이상희가 시야에 들어왔다.

"작은 조각상 말인가요?"

"네. 조각상입니다."

"일정 구역마다 설치되어 있는 걸 확인할 수 있었고 잠깐 동안이지만 머릿속을 울리는 목소리가 사라지는 것을 느낄 수 있었습니다. 물론 저주를 해주한다는 개념이 아니라 잠깐 동안 억제해 주는 것에 불과합니다만……."

"그렇군요. 그렇다면 일정 구역마다 세이프티 존이 있다고 봐도 되는 건가요?"

"아직 다른 구역에도 같은 효과를 가지고 있는 조각상들이 있는지는 모르겠지만…… 최소한 피폐해진 정신을 부여잡는 것에는 도움이 될 겁니다. 저주에 걸린 이후로는 신성력도 커다란 효과를 발휘하기 힘든 상황이니 최대한 활용하는 게 좋을 것 같습니다."

"그나마 다행이네요. 사실 주기가 점점 짧아지고 있다고 느끼고 있었던 참인데……."

"여기서는 조금 멀리 떨어진 곳입니다."

고개를 끄덕이니 마찬가지로 인사를 해오는 이들이 눈에 들어온다.

흘러나오는 이야기의 분위기로 봐서는 김현성이 뭔가를 찾아낸 모양. 대충 정리해 보면 저주의 침식을 막아주는 세이프티 존을 찾아낸 것 같았다.

'나쁘지 않네.'

세이프티 존의 같은 경우에는 어차피 던전 공략을 하던 도중에 밝혀질 일이기는 했지만, 조금 이른 이 시점에 발견했다는 것은 확실히 박수를 보낼 만한 일이다.

"7번대 분들은 조금 어떠신가요?"

김현성이 슬쩍 나를 본다.

지금까지 밖에서 고생하다 돌아왔으니 우리 파티원들의 상태를 모르는 것도 무리가 아니리라.

"조금은 불안한 모습을 보이고 있는 것 같지만 아직까지는 괜찮을 것 같습니다. 희영 씨 같은 경우에는 별로 영향을 받고 있는 것 같지 않고 저 역시 마찬가지입니다. 목소리가 아예 들리지 않는 것은 아닙니다만……."

"그렇군요."

190 회귀자
사용설명서 4

"자세하게는 알 수 없지만 아마 지력 스탯에 영향을 받고 있는 것 같더군요."

"아."

"5번대는 어떻습니까?"

"네. 저희 파티도 후위보다는 지력 스탯이 상대적으로 낮은 전위 분들이 더 영향을 받고 있는 것 같았어요. 침식 속도도 조금 빠른 것 같고요. 당장은 심각하다고 말할 수 있는 상황은 아니지만, 이 상태가 길게는 삼 일, 혹은 일주일이 더 지속된다고 가정한다면 어떻게 될지는……."

"그래도 다행입니다. 일단은 일정 구역마다 안전하게 쉴 수 있는 곳이 있다는 걸 알게 됐으니까요. 각 파티의 사제 분들에게 후위보다는 전위에 신성력을 몰아 줄 수 있도록 해주시기 바랍니다. 그렇게 효과가 있는 것 같지는 않지만 그래도 없는 것보다는 도움이 될 겁니다. 혹시 그 외에도 다른 정보들이 모이면 곧바로 말씀해 주세요. 아주 사소한 것이라도 상관없습니다."

"네. 알겠습니다."

"그럼 정리를 마친 뒤에 곧바로 출발하도록 하겠습니다. 포지션은 어제처럼, 현성 씨를 선두로 수색을 진행하도록 하겠습니다."

"네."

이상희는 입을 열었고 우리들 역시 고개를 끄덕였다. 이상희의 용무는 대충 끝난 것 같았지만 사실 상 내 용무는 지금부터 시작.

"현성 씨, 저는 잠깐 정연 씨와 이야기 좀 하고 돌아가도록 하겠습니다."

"아…… 네. 알겠습니다."

김현성 녀석도 조금 의아한 표정이기는 했지만 눈앞에 있는 황정연도 조금은 놀란 표정. 이쪽에 고개를 끄덕이는 것을 보니 무슨 이야기를 할지 기대되는 모양이다.

이윽고 김현성이 발걸음을 옮겼고 황정연이 궁금하다는 표정으로 이쪽을 향해 입을 열었다.

"몸은 좀 괜찮으신가요?"

"네. 괜찮습니다. 정연 씨는 좀 어떻습니까?"

"저도 괜찮아요. 지력 스탯이 높은 게 확실히 영향이 있기는 있었던 것 같네요. 기영 씨를 보면 딱히 그런 것도 아닌 것 같지만요."

"겉으로 보기에만 아무렇지도 않게 보일 뿐입니다."

"아뇨. 저주가 내렸을 때에도 일찍 깨어나셨잖아요. 개인마다 보이는 게 다르다고는 하지만 조금 자존심 상한다니까요. 후후."

"혹시 뭐 따로 알아내신 건 있으십니까."

"아…… 네. 아직은 딱히 이야기 할 시기가 아니라고 생각해서 기다리고 있기는 하지만 일단 데이터를 모으고는 있어요."

"예를 들면?"

"예를 들면 목소리가 들려오는 시기라든가……. 정확히 말하면 10분 46초 주기로 목소리가 들려오고 있어요. 1시간이 지날 때마다 38초 정도 짧아지고 있고요. 아무런 행동도 하지 않고 휴식을 취하고 있는 경우에는 침식 속도가 느려요. 물론 개인차가 있기 때문에 어떻게 정의를 내릴 수는 없지만 일단 제 몸 상태는 이래요."

"아. 확실히 기억력이 좋다는 건 도움이 되는군요."

"네. 물론 그 개자식들의 목소리가 더욱더 생생히 들려오는 건 반갑지 않지만요. 그건 그렇고 무슨 일이예요? 혹시 저번에 약속을 지키려고 하시는 건가요?"

"아뇨. 지금은 시기가 적절하지 않아서 말입니다. 덕구도 많이 힘들어하고 있고, 아무래도 던전 안이니까요."

"후후후. 그런 것치고는 하얀 씨랑 서로를 의지하고 있는 것처럼 보였는데…… 로맨틱해라."

"사실 별로 로맨틱한 상황은 아닙니다. 아무래도 저주의 영향을 받고 있는 것 같아서 말입니다."

"겉으로 보기에는……."

"문제가 없어 보이죠."

"함께 오래 지냈기 때문에 미묘하게 달라진 차이도 알 수 있다는 건가요?"

"그렇다고 해두죠."

"흐음. 굳이 이상희 님이나 현성 씨에게 알리지 않은 건……."

"혼자 해결해야 하는 일입니다."

"그래도 알리는 게 좋을 거예요. 특히나 아주 작은 변수로도 달라질 수 있는 게 던전 공략이니까요. 하얀 씨의 상태가 좋지 않다면 차라리 두 분이서 먼저 던전을 나가는 선택지도 있으니까요."

"아뇨, 어차피 던전 안에서 나가도 이 저주가 해주될 거라는 보장도 없고……."

나가면 더욱더 위험한 일이 생길지도 모른다. 차라리 모두와 함께 있는 것이 더 나은 선택지다.

"그리고 최소한 정연 씨는 알고 있지 않습니까. 무슨 일이 생기면 대비할 수 있는 보험이 하나 생긴 셈이니까요."

"믿어주시는 건 좋지만 자신 있다고 말씀드리기는 어렵네요. 말은 안하고 있지만 저도 상당히 스트레스 받고 있는 상황이라. 그래서 뭘 해드리면 되는 거예요?"

굳이 질질 끌 이유는 없다. 나는 곧바로 그녀를 바라보며 입을 열었다.

"혹시 환상 마법이나, 환각 마법, 혹은 정신계 마법을 사용하실 수 있으십니까?"

"흐음."

"……."

"정신계 마법은 불가능해요."

'아…….'

"환각이나 환상 마법 정도는 가능해요. 정신계도 사실 전혀 불가능한 것은 아니지만 여러모로 복잡해요. 기영 씨도 알고 계시잖아요?"

"네. 어려운 일이라는 건 대충은 인지하고 있습니다."

"뭘 생각하시는지 대충 알 것 같은데……. 그렇게 쉽게 되는 일이 아녜요. 환상이나 환각 마법도 지력이 높은 사람들에게는 별 효과가 없고 심지어 지력이 낮은 이들도 마력이 높다면 저항하기 일쑤니까요. 정신계 마법은 더욱더 그렇죠. 아무리 받아들이는 사람이 마법을 받아들이려고 노력한다고 하더라도 인간은 본능적으로 자기 정신에 침입해 오는 걸 밀어내려고 하는 성향이 있어요."

어려울 거라는 것은 당연히 알고 있는 이야기였다.

하지만 시작부터 불가능하다는 이야기를 들으니 조금은 맥이 빠질 정도.

그렇지만 불가능을 가능으로 만드는 것에 흥미를 느끼는

게 황정연 같은 종류의 인간이라는 걸 아주 잘 알고 있다.

"본래는 불가능한 게 맞아요. 틀림없이 불가능하지만."

"저주가 걸려 있는 대상이라면 이야기가 달라지지 않겠습니까?"

"그래도 힘들 거예요."

"그렇다면 약물의 도움이 있다면 어떻습니까? 혹은 촉매라든가."

"기영 씨가 마법을 사용하는 방식을 말씀하시는 건가요."

"네. 그것 외에도 연구하고 있던 물약이 있었습니다. 사람의 감정을 건드릴 목적으로 실험하고 있던 물약이었죠. 물론 커다란 성과를 내지는 못했습니다만…… 나쁘지는 않습니다. 물론 정말로 감정을 건드리는 건 아닙니다만 최소한 비슷한 효과를 내게 할 수는 있을 겁니다."

"……."

"가능하시겠습니까?"

"잘 모르겠어요. 정확히는 모르겠지만…… 물약 치료와 환상 마법으로 인한 치료를 병행하는 게 되는 거네요. 동시에 들어가는 것도 효과가 좋을 수 있을 것 같고요. 인간이 본능적으로 가지고 있는 장벽을 물약으로 제거하고…… 안 그래도 저주로 정신력이 약해졌다고 할 수 있는 상황이니까……."

계속해서 중얼거리고 있는 황정연의 모습이 보였다.

머릿속으로 이론에 대해서 떠올리고 있는 것처럼 보인다.

조금 흥미롭다는 얼굴이었다.

"만약에 이게 성공적으로 된다고 한다면 던전 공략이 쉬워질 수도 있겠네요. 물론 여러 가지 실험이 필요하기는 하지만 아무리 빨라도 최소 한 달은……."

"자질구레한 것은 모두 건너뛰고 곧바로 실험에 들어가는 게 좋을 것 같습니다. 쓸 만한 실험체가 있으니까요."

"네?"

"제가 직접 하는 게 좋을 것 같습니다. 몸에 해를 끼치는 것도 아니고, 일단 제가 만든 물약에 대해서는 제가 가장 잘 알고 있으니 말입니다."

"아……."

"가능하시겠습니까?"

"확답은 드릴 수는 없어요. 그래도 재미있을 것 같기는 하네요. 이론에 대한 이야기는 가는 길에, 잠깐 쉴 때마다 임상 실험에 들어가도록 하겠습니다. 혹시라도 정신에 이상이 생긴다면……."

"그럴 일은 없을 겁니다."

아예 장담할 수는 없지만 일단은 맞다.

어차피 어느 정도 도박을 해야 되는 상황. 정하얀과의 관계를 유지하기 위해서라도 이번 일은 꼭 필요한 일이라고 생각했다.

물론 내가 황정연과 붙어 있는 모습을 보는 것은 정하얀에게 악영향을 끼치는 것이 너무나도 당연할 것이라는 생각이 들기는 했지만……

'계획의 일부야.'

큰 그림을 생각한다면 이것 역시 나쁘지는 않은 선택지처럼 보였다.

"현성 씨한테 잠깐 말씀드리고 오겠습니다."

"네?"

"당분간 5번대와 함께 움직인다고 말입니다."

"네. 그러는 것이 좋겠네요. 아니, 저희 파티원을 보내는 게 좋겠어요. 지금부터 해야 할 일이 많으니까요. 다른 사람들에게는 던전에 관한 연구를 진행하고 있다고 말하는 것도 좋겠어요. 몬스터가 언제 나오게 될지는 모르겠지만 일단은 그전까지라도 여유 있게 실험에 임할 수 있을 거예요."

"네."

"촉매들은 챙겨오셨나요?"

"물론입니다. 연금키트도 챙겨왔으니 걱정하지 않으셔도 됩니다."

"삼 일. 삼 일 안에 해결하도록 하죠."

"기왕이면 더 빨리 부탁드립니다."

"끄응. 주문이 어렵기는 하지만 준비물은 갖춰져 있는 상황이네요. 만약에 결과물을 만들어내지 못한다면 마도학자라는 직업명이 울 거예요. 그럼 이번이 두 번째 실험이 되는 거네요?"

"이번에는 정연 씨가 박사님입니다."

"그래요. 조수. 잘 부탁해요."

"반응이 어때요?"

"잘 모르겠습니다만."

"이 방법도 틀렸나……. 몸에는 이상이 없으신 것 맞죠?"

"네. 겉으로 보기에는 괜찮습니다. 사실 이전에 임상실험으로 썼던 데이터들도 신체에는 이상이 없었으니 그 부분은 걱정하지 않으셔도 됩니다."

"그런 실험은 또 언제 하셨대."

선희영을 이쪽으로 꾀어오기 위해 인부들을 고용하는 과정에서 사용했다.

그때 당시에는 만족스러운 성과를 얻을 수 있었지만 아무래도 너무나도 제한 조건이 많아 연구를 중단했던 종류의 실험이었다.

설마 이런 곳에서 도움이 될 거라고는 생각하지도 못했다.

마치 모든 게 준비 우리를 위해 준비되어 있는 상황처럼 느껴질 정도. 데이터를 머릿속에 가지고 다녔던 것이 유효했던 것이다.

"농도를 조금 진하게 해보는 것은 어떻습니까?"

"너무 많이 투입하는 것도 좋지 않아요. 이후에 마법을 사용할 거라고 생각하면 딱 적절한 양이 있을 거예요. 그게 아니라면 신체에 영향이 올 수도 있다는 건 알고 계시죠?"

"아니, 어디까지나 저주에 저항한다는 목적으로 사용할 거라고 생각한다면 저주의 효과를 뛰어넘을 만한……."

"이독제독인가요?"

"비슷한 효과로 접근하는 방향도 괜찮을 것 같습니다."

"다시 빙 돌아가게 생겼네요."

"정확히 말하면 돌아가는 건 아닙니다. 솔직히 거의 대부분 준비가 됐다고 보긴 하지만……."

"아직 확신할 수 없다는 게 문제죠?"

"네."

"공식을 다시 짜야 되잖아요. 오늘도 힘들겠네요."

확실히 계속해서 의견을 주고받는 것만으로도 효과가 있다. 뜬구름을 잡는 건 아닌지 불안했던 것이 불과 하루 전이다. 고작 하루 만에 이렇게 진전이 있을 거라고는 생각하지 못했다.

나와 그녀가 생각보다 잘 맞았던 것이 그 이유라고 할 수 있으리라.

애초에 이전에 새로운 직업을 얻기 전부터도 느낄 수 있었던 부분이었지만 황정연과 나는 서로 가려운 부분을 긁어줄 수 있는 상호보완적인 관계였다.

물론 그 상호보완적인 관계라는 것이 성격적인 부분을 말하는 것은 아니다. 어디까지나 일의 능률에 대한 이야기.

암산이나 계산은 내가 어려워한다면 어려워한다고 말할 수 있는 분야다. 그런 분야에서 황정연은 거의 스페셜리스트나 다름없다.

여러 가지로 도움을 받은 것은 당연지사. 아마 자유로운 사고방식이 부족한 그녀에게도 내가 많이 도움이 됐으리라.

일 더하기 일이 이가 아닌 십이 된 느낌이라고 하는 것이 맞다.

"그나저나 하얀 씨는 괜찮아요? 많이 불안해하고 있는 것 같던데."

"그래도 저녁에 가끔씩 얼굴을 비춰주고 있으니까요. 지금은 딱 이 정도 거리감이 좋을 겁니다."

"아무리 그래도……."

"아직까지는 다른 이상행동을 보이지는 않고 있으니까요."

"네. 기영 씨가 말한 대로…… 적어도 겉으로 보기에는 문제가 없어 보이지만. 어째서 그렇게 빨리 해결해야 한다고 하셨는지 알겠네요. 요즘 이쪽을 심하게 노려보는 것 같아서 오금이 다 저린다니까요."

"죄송합니다. 말씀드렸던 대로……."

"알아요. 갑작스러운 상황에 대응해야 한다는 거. 남자도 한 번 못 사귀어본 처녀가 어째서 갑자기 캣파이트의 주인공이 돼서 원망을 받게 된 건지는 모르겠지만 손도 한 번 안 잡아봤는데 불륜녀로 낙인찍힌 기분이에요. 억울해 죽겠다니까. 물론 드라마의 주인공이 되는 기분을 느껴보는 건 나쁘지 않지만."

"큼……."

"왜 하필 그 포지션이 불륜녀냐고요. 심지어 덕구 씨도 조금 이상하게 바라보는 것 같은 느낌이에요. 이번 일만 끝나면 정말로 크게 돌려받을 거예요."

"네. 이번 일이 끝나면 전력으로 밀어드리도록 하겠습니다."

"그 말 잊지 말아요."

그녀의 말 그대로 시간이 지나면 지날수록 정하얀의 불안 증세는 조금 더 심해졌다.

내가 갑작스레 5번대로 들어갔기 때문이다. 물론 원인이 황정연과 시간을 보내고 있다는 데 있다는 건 굳이 말하지 않아도 알 수 있는 사실이리라.

정하얀이 보내고 있는 것은 질투였다.

안 그래도 정신이 마모된 상황에서 나와 떨어지자 침식이 급속도로 빨라지는 느낌이었다. 아니, 사실 뭐가 저주의 침식이고 뭐가 정하얀의 생각인지도 구분할 수 없을 정도.

무슨 생각을 하는지는 알 수 없지만 아마도 머릿속으로는 자신만의 계획을 세우고 있을 거라고 생각했다.

정하얀의 계획이 먼저 완성되느냐, 아니면 나와 황정연이 하고 있는 연구가 먼저 성과를 내느냐의 싸움이었다.

온전히 연구에 집중할 수 있었다면 지금보다 성과가 있었겠지만 아무래도 정하얀의 몇 가닥 남지 않은 멘탈을 잡아주는 시간이 있어야 하는 만큼 하루에 얼마는 그녀에게 투자할 수밖에 없었다.

물론, 안정제와 함께 물약의 일부를 먹이는 시간이었기 때문에 이마저도 무척이나 중요했다.

정하얀의 정신에 결정타를 날리고 있지는 못하고 있지만 지속적으로 약하게나마 흔들어 주고 있는 것이다.

'너무 갑작스러우면 상황이 좋지 않아질 수도 있으니까.'

부작용을 최소화하기 위한 선택이었다.

사실 새로운 연구에 찬물을 끼얹은 것은 정하얀뿐만이 아니었다.

애초에 이 원정대의 목적이 탐사가 아닌 구조인 만큼 여러 가지 상황이 자꾸만 발목을 잡았다.

물론 던전에 대한 연구를 시작하겠다는 나와 황정연은 소규모 탐사에서 대부분 열외 되기는 했지만 그럼에도 이동하면서 실험을 해야 한다는 건 커다란 단점으로 다가왔다.

5번대의 파티장이라고 할 수 있는 황정연이 거의 모든 수색에 열외를 했는데도 구조대는 무척이나 쭉쭉 뻗어 나가고 있었다.

아직 몬스터가 발견되지 않았기 때문이겠지만 김현성을 필두로 작은 성과나 힌트를 발견했다는 것은 무시할 수 없는 부분이리라.

연구에 몰두해 있었기 때문에 공략의 진척 상황을 아주 자세하게 전해 듣지는 못했다.

그러나 원정대가 조금씩 성과를 내고 있는 것은 부정할 수 없는 사실이었다.

'물론.'

모든 게 원만하게 진행되고 있는 것만도 아니었다.

정하얀 이외에도 저주에 침식되고 있는 이들이 점점 많아졌고 간혹 혼잣말을 하는 이들이 생겨났다. 김현성으로 인해 침식 속도가 최대한 늦춰졌다고는 하지만 그래도 장시간 이 던전에 머물렀던 부작용이 생겨나기 시작한 것이다.

그중에서도 조금 심각한 모습을 보였던 것은 다름 아닌 이상희였다.

"죄송합니다."

그녀가 보고 있는 것은 이 던전에 먼저 들어온 파티원들의 모습이었다. 직접적으로 이야기를 해보지는 않았지만 굳이 이야기를 하지 않아도 뻔한 일. 그만큼 그녀는 급해졌고 초조해했다.

'아직도 생존자는커녕 힌트도 발견되지 않았으니까.'

아마 모두 어느 정도 느끼고 있을지도 모른다.

먼저 들어온 길드원들은 대부분이 죽었을 거라고.

아무튼 이런 상황에서도 원정대는 계속해서 나아가고 있었고 우리의 정신을 좀먹는 저주는 점점 이쪽을 파고들고 있었다.

"아직 완벽하다고는 볼 수 없네요. 아쉬워요, 기영 씨."

"그래도 전혀 효과가 없지는 않습니다. 실제로 목소리는 계속 들려오기는 하지만 머리가 지끈거리는 감각은 사라졌으니까요. 사실 이 정도만 해도……."

"성과라고 부를 수 있기야 하겠지만 시간이 조금만 더 있었으면 완벽하게 만들 수 있었을 텐데 아쉽네요."

"아쉬움보다는 상용화하는 게 중요하죠."

"그러게요. 그보다 하얀 씨한테 이쪽 좀 노려보지 말라고 부탁 좀 해주시겠어요?"

"제가 마음대로 할 수 있는 게 아닙니다."

"실제로 겪어보니까 좋지만은 않네요……. 역시 드라마는 현실과는 달라요."

"……."

"한발 떨어져서 구경하는 게 가장 재미있는 법이라니까요."

"그런데 정연 씨는 좀 괜찮으신 겁니까?"

"사실 정신적으로 힘들기는 해요. 그렇지만 뭔가에 빠져서 연구할 수 있다는 것 때문인지 기분은 한결 낫네요. 요즘에는 환각도 보이는데 기영 씨는 안 그러세요?"

"보이기는 합니다만 심각할 정도는 아닙니다."

"정말로 효과가 있기는 있는 모양이네요. 다들 힘들어 하고 있는데."

시간이 조금 더 흘렀다.

그동안 많은 변화가 있었던 것은 아니었다.

구조대는 계속해서 안쪽으로 나아가고 있었지만 언데드들은 눈에 띄지 않았고 생존자들 역시 보이지 않았다.

착실하게 앞으로 나아가고는 있지만 마치 똑같은 미로 속을 헤매는 느낌.

김현성을 별로 초조해하지 않았지만 이상희는 눈에 띄게 상태가 안 좋아졌다.

"이상희 님, 세이프티 존입니다."

"오, 오늘은 묵지 않고 지나치도록 하겠습니다."

"네?"

"벌써 시간이 많이 흘렀습니다. 겨우 몇 분 차이로 생존자들이 위험해질 수도 있습니다. 다음 포인트에서 쉬도록 하겠습니다."

'또 저러네.'

"그렇지만 벌써 두 번째……."

"다음 방에는 분명히 있을 겁니다. 그래요. 분명히 있을 겁니다."

"마스터도 조금 쉬시는 게 어떻겠습니까."

"아니, 괜찮습니다. 다들 힘드시겠지만 조금만 참아주세요. 생존자를 발견하고 나면…… 네. 생존자가 발견된다면……."

생존자 따위는 없을 수도 있다. 아니, 솔직히 대부분이 죽었을 거라고 확신할 수 있다.

우리가 린델에 들어오기 전부터 파란의 파티가 이곳에서 버텼을 거라고 생각해 보면 언데드들에게 죽든 아니면 스스로 목숨을 끊든 서로 죽이든 간에 일이 벌어져도 단단히 벌어졌으리라.

"조금만 기다려주세요. 조금만 속도를 올리겠습니다. 조금 더 빨리……."

"아……."

현재의 상황을 지켜보면 알 수 있다.

환각에 시달리고 있는 원정대의 리더. 짜증이 섞인 표정과 불만이 가득한 몇몇 길드원. 자기 정신을 유지하는 것만으로도 힘들어 하고 있는 인원.

박덕구가 그나마 묵묵히 버텨주고 있는 것은 용하다고 할 수 있는 부분이었지만 그 선희영조차 지금은 지친 표정이었다.

터지기 직전에 놓여 있는 것은 모두가 마찬가지였다.

'이 상태에서 몇 개월을 보내라고?'

불가능한 일이다.

파티원들에게는 최악의 상황이라고 할 수 있겠지만 사실 이 모든 상황이 사실 정하얀에게는 최고의 상황일 터. 만약 그녀가 정말로 자신의 계획을 실행시킨다고 한다면 지금이 적기라고 할 수 있으리라.

"모, 모두 조금만 힘내주세요."

"그렇지만 이제 한계……."

"안에서 길드원들이 죽어가고 있습니다."

"후위가 많이 힘들어 하고 있습니다, 이상희 님."

"……."

"이상희 님."

뭔가 상황이 좋지 않게 돌아가고 있다고 생각했던 바로 그때였다.

─저주가…….

'제길.'

모두가 동시에 허공을 바라본 것은 당연지사.

처음에 들려왔던 목소리와 똑같은 목소리였다.

박혜영이나 정진호의 목소리가 아니다.

'2차?'

안 그래도 정신 마모가 가속화되고 있는 상황.

이런 상황에서 두 번째를 맞으면 구조가 아니라 이쪽의 생존 역시 불투명해진다. 몇몇은 괜찮을지도 모르지만 틀림없이 대부분이 정신을 잃을 수도 있을 거라고 생각했다.

"신성 방어 마법을 외워주세요."

"그렇지만……."

"없는 것보다는 나을 겁니다. 최대한 대응합니다. 마법사들도 최대한 막을 수 있는 주문을……."

마법사와 사제들이 신성력과 마력을 일으켰지만 이건 마법으로 막아낼 수 있는 종류의 공격이 아니다.

입술을 꽉 깨물었을 때 나도 모르게 정하얀 쪽으로 시선이 돌아갔다.

이쪽을 바라보며 활짝 웃는 모습이 보인 것은 당연지사.

말을 해오고 있지는 않지만 입을 벌리고 있는 것을 보니 뭔가를 말하고 싶은 것 같다.

'사.랑.해.요?'

눈이 조금 이상하다고 느꼈을 때는 곧바로 황정연의 이름을 외칠 수밖에 없었다.

'정말로?'

"개…… 씨……. 정연 씨! 바로 주문 외워요!"

정말로 할 생각이다.

어쩌면 조금 이르다고 할 수도 있는 타이밍. 아무리 이런 상황이 왔다고는 한들 움직이는 게 조금 빠르다고 생각했다.

'황정연 때문인가?'

아마 확실하리라.

"네? 네? 그렇지만 방어 주문을…….."

"빨리!"

"아, 알겠어요! 저, 정말로 괜찮은 거 맞아요? 이거 아직."

"빨리 외워요!"

"내용도?"

"그냥 빨리 외워!"

순식간에 소란스러워지는 장내 여기저기서 비명이 튀어나왔다.

가장 앞에 있는 전위들이 벌써부터 저주의 영향을 받은 것이다. 준비해 두고 있던 물약을 순식간에 입 안으로 털어내곤 곧바로 정하얀 쪽으로 달리기 시작.

"역시! 오빠도 똑같은 마음이었어!"

환한 표정으로 나를 반기는 그녀의 손을 붙잡고 곧바로 입을 맞추며 입안에 있는 것을 밀어 넣었다.

"사랑읍!"

'제기랄.'

그 와중에도 마력을 움직이고 있는 것을 보면 이미 마음을 단단히 먹은 모양. 꽉 잡은 손으로 상상도 할 수 없을 정도의 마력의 유동이 느껴졌다.

무슨 마법을 사용하려고 하는지는 모르겠지만 최소한 방어 마법은 아니었을 것이다.

황정연이 정하얀보다 더 마법을 빨리 완성하기를 마음속으로 기도했던 그때.

정하얀의 눈동자가 커다랗게 떠지기 시작했다.

'걸렸나?'

아직 확신할 수는 없다.

어쩌면 저주의 영향으로 내가 헛것을 보고 있는 것일 수도 있지만 만약에 정하얀이 저주에 걸린 것이 아니라 황정연의 마법에 걸린 것이라면 틀림없이 보고 있을 것이다.

'미친 마법사와 저주받은 신단.'

본인이 원했던 결말을 말이다.

"아아아아아아아!"

순식간에 허공을 바라보며 눈물을 쏟고 있는 모습에 그녀
가 보고 있는 것이 내가 준비한 시나리오라는 것을 확신할 수
있었다.

영원히 함께! 영원히 함께 지낼 수 있다.

─그래. 영원히 함께 지내는 거야.

우리 둘만의 보금자리.

─그래. 그 누구에게도 방해받지 않고 그 누구도 침입하지
못할 보금자리야. 우리가 원했던 결말이지.

오빠의 생각도 같을까?

─물론. 오빠도 너를 사랑한다고 말했잖아?

맞아. 분명히 그렇게 말했었어.

─바깥은 위험해.

그건 맞아. 오빠를 빼앗으려는 사람이 너무 많아. 네 말은
전부 바보 같지만…….

─저 여자를 봐. 어떻게든 오빠를 꼬시려는 것 같잖아. 오빠
가 곤란해하는 게 보인다구. 오빠를 죽이려고 하는 다른 사람
들은 어떻고? 튜토리얼 던전 때 있었던 일을 떠올려 봐. 오빠

는 약해.

　오빠는 약해.

　―우리 보호가 필요해.

　그래.

　―이건 보호야. 보호하기 위해서는 어쩔 수 없는 거야. 바깥
은 위험하니까.

　외우고 있었던 주문이 입 밖으로 터져 나왔다.

　'어쩔 수 없는 거야.'

　―전부 죽여. 일단은 저 여자. 오빠를 빼앗으려고 하는 저
여자부터.

　고위 마법사인데 괜찮을까?

　―아마 생각하지 못할 거야. 저주의 영향에 노출되어 있을
때를 노리면 돼.

　그건 나도 마찬가지야.

　―우리는 괜찮아. 내가 너를 보호해 줄 테니까. 저주의 영향
을 받지 않을 거라고?

　네가 나를?

　―그럼 나는 너고 너는 나니까. 한 번에 머리를 꿰뚫어. 작
은 주문이면 될 거야. 마력을 낭비하지 않는 게 중요해.

　아! 성공했다.

　―좋아. 다음은 누구로 할까. 저기 멍청한 여자가 좋겠다.

내구 능력치가 좋으니까 조금 다른 쪽으로 생각해 보는 게 좋겠네.

뭐가 좋을까. 부패 주문도 괜찮을 것 같은데. 아니, 너무 시간이 오래 걸려. 흑마법은 특기가 아니니까. 다른 걸로 해볼까? 머리를 터뜨리는 게 좋겠다. 안에서부터.

－좋은 생각이야. 마침 이쪽을 눈치채지 못하는 것 같으니까. 정말로 좋아. 옳지 그렇게.

이렇게…….

－해냈다!

헤헤.

－나머지는 신경 쓰지 마. 어차피 전부 죽을 테니까. 그 다음은…… 선희영?

오빠랑 매일 같이 나갔었지?

－응. 그랬었지.

그래도…….

－약해지면 안 돼. 어쩔 수 없는 일이라고. 저기 있는 꼬맹이도 한꺼번에 해치우자.

역시 그건 내키지 않는걸.

－안 된다니까. 약해지면 안 돼. 모두가 다 오빠를 보호하기 위해서니까. 최대한 고통 없이 보내주자.

으응.

－덕구 씨랑 현성 씨는⋯⋯.

죽이는 건 조금 그래. 오빠가 좋아하는 사람들이니까. 잠을 재우는 게 좋을 것 같아.

－불안하지 않아? 김현성은 강하잖아. 나중에 혹시라도 다시 이곳으로 찾아오면 어떡하지? 오빠를 돌려달라고 말할 수도 있어.

그건 안 돼.

－역시 죽이자.

그건 안 된다니까. 자꾸 바보처럼 굴 거야?

－바보는 너야. 지금까지 잘해왔잖아. 근데 지금에 와서 포기할 거야? 둘만 죽이면 끝이라니까.

싫어. 그건 안 할 거야. 특히 덕구 오빠는 나를 많이 도와줬으니까.

－후회할 텐데.

잠을 재우는 게 좋을 것 같아. 그리고 밖으로 보내주는 거지. 계속해서 찾아오면 어쩔 수 없지만 역시 둘은 죽이고 싶지는 않아.

－너.

그보다는 오빠를 데려가는 게 먼저야. 아무도 빼앗아 가지 못하게 안쪽으로 데려가서 꼭꼭 숨겨 놔야지. 우리 오빠 잠든 모습 좀 봐. 너무 귀엽고 사랑스럽지?

—으응. 근데 혹시나 오빠가 도망가면 어떡하지?

그러진 않을 거야. 오빠는 우리를 사랑한다고 말해줬으니까.

—혹시 모르니까 안전장치를 만드는 게 좋겠네.

으응. 그정도는 괜찮겠지. 헤헤. 잠든 오빠 너무 귀엽다.

—응. 정말 귀엽네. 그보다 빨리 가야 해. 앞으로 할 일이 많아.

그래. 새로운 보금자리를 꾸며야 하고 이것저것 필요한 게 많을 거야. 오빠는 공부하는 걸 좋아하니까 오빠만을 위한 공방을 만들어 주는 게 좋을 것 같아. 욕실도 만들어야지. 가, 같이 샤워도 할 수 있게 크게 만들면 좋겠다. 침대도 크게, 화장실도 만들어야 되고 최선을 다해야 해.

—보금자리에 침입할 사람을 죽여 버릴 시스템도 필요해. 언제 또 여기로 오빠를 노리는 사람들이 찾아올지도 모르니까 골렘도 만들고, 키메라도 만들자. 언데드도 더 늘려야 돼. 던전이 텅텅 비었으니까. 힘들겠지만 오빠를 위해서라면 할 수 있어. 이곳은 우리들의 보금자리가 될 거야.

절대로 무너지지 않는 오빠와 나만의 성이 될 거야.

오빠는?

−이제 일어났어. 오늘도 식사를 안 한 것 같은데…….

너무 걱정되는데 괜찮은 걸까? 상태가 계속 안 좋아 보여. 혹시 어디 아픈 건 아닐까? 벌써 몇 개월째, 아니, 혹시 오빠는 이곳에서 나가고 싶은 건 아닐까?

−그럴 수도 있어.

며칠 전에도 말한 적이 있었어. 바깥을 구경하고 싶다고.

−속지 마. 절대로 속으면 안 돼.

오빠가 기운이 없는 건 너무 싫어. 요즘에는 잘 웃어주지도 않는 걸.

−언젠가는 이해하기 될 거야. 이 모든 것이 오빠를 위해서라는 걸 이해하게 될 거야. 밖은 위험해. 오늘만 해도 우리의 보금자리로 이상한 사람들이 들어왔잖아? 만약에 오빠가 밖으로 나가면 감당할 수 없게 될 거야. 또 뺏기고 싶어?

그건 아니지만…… 그래도 오빠가 슬픈 표정을 짓는 건 싫어.

−그러면 기분이 좋아지는 마법을 걸어주면 되잖아. 오빠도 기분이 좋아질 거야. 기분이 좋아지면 우리한테도 친절해질 거고 더 행복한 시간을 보낼 수 있을 거야. 항상 웃게 만들어 줘야지.

그래도 괜찮은 걸까?

−전부 오빠를 위한 일이야.

전부 오빠를 위한 일이야. 맞아. 지금 당장 시험해 봐야겠다.

－좋아.

아! 웃어줬어. 네 말이 맞았어.

－그렇지? 다른 마법도 써볼까? 매혹 마법 같은 건 어때?

그렇지만 그건 오빠의 진심이 아니잖아.

－그래도 가끔은 괜찮지 않을까 싶은데. 지금까지 열심히
해왔으니까 우리에게 주는 상으로는 딱 알맞을 거야. 그렇지?

우리에게 주는 상?

－응. 우리에게 주는 상. 오늘 하루만 이 상태로 있는 게 좋
을 것 같아. 생각해 봐. 오빠를 지키기 위해서 얼마나 노력했
는지. 매일매일 이곳으로 들어오는 놈들을 전부 잡아 죽이고
그것도 모자라서 가끔씩 주변도 정리하러 나가잖아? 던전도
완전히 리모델링하느라 힘들었다고. 키메라들도 매일매일 만
들어줘야 되고 요 며칠은 오빠 걱정하느라 잠도 제대로 못 잤
으니까. 그렇지?

그래도…….

－딱 하루만 하자.

그래도 될까?

－물론, 고민하지 말고 바로 하자.

"그, 그렇다면 딱 하루 만이야. 딱 하루만……."

－잘했어.

아아아아아아아아.

―좋아.

행복해. 너무 행복해. 너무 너무 행복해.

"행복해. 너무 행복해."

―내 말이 맞잖아. 하길 잘했지?

응. 네 말이 맞았어.

어떡하지? 오, 오빠가 도망쳤어.

―그럴 거라고 생각했어.

어째서? 어째서? 이제 내가 미워진 걸까? 매일 행복하게
해줬는데…… 뭐가 잘못된 건지 모르겠어.

―바깥의 독을 마시고 있어서일 수도 있어.

그렇지만 여긴 던전 안이야. 바깥 공기가 들어올 리가 없잖아.

―매일 침입자들이 들어오잖아? 그들이 내뿜고 있는 더러
운 공기가 오빠의 정신을 오염시키는 거야.

전부 죽여야 해.

―그렇지?

이렇게 갑자기 도망칠 거라고는 생각하지 못했어. 모두 침
입자 탓이야! 왜 가만히 있는 우리를 내버려 두지 않는 거야?
어째서 계속 이곳으로 들어와서 나와 오빠만의 시간을 방해

하는지 모르겠어! 모르겠다고! 전부 나가서 죽이는 게 좋지 않을까? 린델, 린델에 있는 놈들을 모조리 죽여 버리는 거야.

－좋은 생각이야. 그렇지만 오빠 외에 인간은 벌레 같아서 죽여도, 죽여도 계속해서 이곳으로 들어오게 될걸?

그, 그러면 어떡하지?

－이미 오빠의 정신은 바깥의 공기에 마모되었을지도 몰라. 치료하는 것도 쉽지 않겠지. 오빠가 던전을 혼자 빠져나갈 수는 없겠지만…… 그대로 일단 임시방편으로 뭔가를 해야 되지 않을까?

뭘?

－다리를 자르자.

"안 돼. 말도 안 되는 소리야. 나는 오빠가 아픈 건 싫어."

－아프지 않게 자르면 되잖아.

아프지 않게?

－응. 아프지 않게 자르면 돼. 기분이 좋아지는 마법을 걸고, 천천히 떼어내면 오빠도 분명 아프지 않을 거야. 물론 걸어 다니는 게 조금 힘들어지기는 하겠지만 괜찮잖아? 우리가 항상 오빠 옆에 달라붙어 있을 테니까. 우리한테 의지할 수밖에 없게 만드는 거야.

아니…… 그건…….

－만약에 오빠가 이곳을 빠져나가서 다른 여자랑 함께 도망

치면 어쩌려고? 붉은 용병 애들도 왔었잖아? 차희라 그 멍청한 여자가 다시 올지도 몰라.

그러네.

―참을 수 있겠어? 정말로 그런 상황이 오면 너무 힘들어질 것 같지 않아? 지금이라도 자르는 게 맞아.

듣고 보니 그런 것 같기도 해. 응.

―내 말을 들어서 후회한 적 있어?

없지만…….

―이번에도 나만 믿어. 정말 잘될 거라니까?

오빠가 죽, 죽으려고 했어. 혀를 깨물었다고! 너무 싫어. 너무 무서워. 오빠가 죽으면 어떡하지?

―죽진 않았잖아? 아직까진 괜찮아.

그래도 죽으려고 했다고! 이유를 모르겠어! 도대체 왜 그러는 거지? 사랑한다고 매일 말해주고 있잖아. 매일! 매일 행복한 시간을 보내고 이제는 바깥에서도 사람들이 찾아오지 않아! 이제 막 편안한 생활을 즐길 수 있게 됐단 말이야!

―바깥 공기가 이미 뇌를 침식했기 때문이 아닐까?

오빠가 죽는 건 싫어. 나를 남겨두고 가는 건 싫어. 갑자기 죽으려고 하는 것도 너무 싫어. 너무 싫다고 전부 다!

─죽지 않게 만들면 돼. 언데드로 만드는 건 안 되니까 여러 가지 실험을 해보자. 분명히 오빠를 구해낼 방법이 있을 거야. 영원한 삶을 함께 누릴 수 있는 방법이 있을 거야. 육체가 재생되게 하는 촉매를 구하고 그걸 오빠의 몸을 시술하자. 조금 고통스러울 수도 있겠지만 어쩔 수 없는 거니까 오빠도 이해해 줄 거야. 물론 쉽지는 않겠지. 그래도 지금까지도 잘해왔잖아? 그러니까 이번에도 분명히 할 수 있어.

그…… 그래. 그렇게 해야겠어. 두 번 다시 이런 일이 일어나지 않게 그렇게 해야겠어.

─그래 맞아. 바로 그거야.

"오빠. 아파도 조금만 참아요. 오빠를 위해서는 어쩔 수 없는 일이에요."

"아으…… 아…… 아."

"사랑한다고요? 물론이죠. 저도 오빠를 너무 사랑해요."

"아아…… 아…… 를…… 해."

"절대로 죽으면 안 돼요. 절대로."

"아아."

"시간이 많이 지났네요. 흰머리가 난 오빠도 정말로 멋진걸요. 아아아. 좋아요. 오빠. 오빠!"

"……해…….."

"사랑해요. 저도 사랑해요."

"……."

"머리가 많이 길어졌네요. 연구요? 물론 오늘도 해야죠. 조금 아프시겠지만 참으실 수 있을 거예요. 오빠가 아프면 저도 아파요. 그러니까 우리 같이 힘내요."

"……."

"오빠 조금만 참으세요. 아직 버티실 수 있을 거예요. 희망의 끈을 놓으시면 안 돼요. 흐그으으으윽. 사랑해요. 사랑해요."

"……해"

"아아아아. 안 돼! 안 돼!"

"나는……."

"네, 오빠. 저 여기 있어요."

"너를."

"사랑해요. 저도 사랑해요. 그러니까 제발 가지 말아요. 제발."

"원망한다."

"아……."

"나를 이 꼴로 만든 너를 원망하고 저주할 거야. 평생, 아니, 죽어서도 너를 저주할 거다. 너는 나에게 사랑을 준 게 아니야. 날 괴롭게 하고 결국 이 꼴로 만들었어. 내 몸을 봐. 네가 만든 결과물이야. 지금 우리를 둘러싸고 있는 것들을 봐. 모두 네가 망쳐 버렸어."

"아아아아아아."

"네가 전부 저버린 거야. 너를 사랑하는 내 마음도, 내 진심도 네가 전부 망쳐 버린 거야. 우리는 더 행복해질 수 있었어. 행복하게 함께 살 수 있었어. 죽어서도……. 죽어서도 널 잊지 않을 거야. 널 저주하고 저주하고 또 저주할 거다."

"아아아아아아아아아아!"

"이제는 널 사랑하지 않아."

"아아아아아아아아악! 싫어! 싫어! 어떻게 해? 이, 이젠 어떻게 하지? 오빠? 오빠!"

―살릴 수 있어. 아직 살릴 수 있다고.

"우, 웃기지 마! 웃기지 말라고! 다……. 다 너 때문이야! 전부 다! 네가 이렇게 만들었어! 오빠를……."

―무슨 이야기를 하는지 모르겠는데.

"죽어! 죽어버려! 죽어!"

―무슨 이상한 소리를 하는 거야. 바보야. 아직도 모르겠어?

"……."

―잘 봐. 난 너야. 우리는 하나라고 이야기했잖아? 이 모든 걸 네가 해낸 거야. 멍청아.

"그럴 리가…… 없어. 그럴 리가 없어."

―바…….

"……."

─보⋯⋯.

콰드드드드드득!

"아아아아아아아아아아아!"

🏳️

갑작스러운 저주로 한차례 실랑이를 겪은 이후에 서둘러 정하얀을 바라봤다.

예상했던 것보다 조금 더 심각해 보이는 얼굴.

"아아아아아아아아아아아!"

'성공한 게 맞아.'

다소 충격적일 수도 있는 이야기지만 그래도 나름 기승전 결이 잘 버무려진 스토리다.

그녀가 감내하기에는 조금 힘들 수도 있겠지만.

'이게 정답이야.'

틀림없이 정답일 것이다. 물론, 평소의 정하얀이라면 이런 돌발행동은 하지 않았을지도 모른다.

이 던전에 들어온 이후에 계속해서 혼란스러워했던 것 역시 모두가 저주의 영향.

충격요법이라고 생각한다면 그나마 고개를 끄덕일 만하다.

얼굴은 눈물로 범벅이 되어 있었고 산발이 된 머리카락을 쥐어뜯고 있다.

물론 다른 이들도 별다를 바 없지만 누가 봐도 정하얀의 상황이 가장 심각하다는 것은 알 수 있으리라.

일단은 정하얀의 손을 꽉 잡아주는 게 전부라고 생각했다.

"싫어! 싫어!"

'무슨 힘이…….'

이쪽의 손을 뿌리친 이후에 곧바로 자해를 시도하려고 하는 모습. 스스로 목을 조르는 탓에 최대한 그녀의 손을 잡아당겼다. 켁켁거리기는 하지만 어떻게든 숨구멍을 확보하고 있는 상황.

손을 더 꽉 잡은 뒤에 다시 한번 입을 맞추니 천천히 제정신으로 돌아온다.

"아아아아…….."

"……."

"흐으으윽."

혼란스러워하던 표정에서 깜짝 놀란 표정으로, 제대로 내얼굴을 확인한 눈동자에는 눈물이 가득 차오른다.

"아아아아. 오빠아. 오빠아…….."

내 얼굴을 매만지는 것은 물론 온몸을 확인하려 한다.

저런 반응이 당연할 거라고 생각했다.

그녀가 마지막에 봤던 내 모습은 무척이나 처참했을 테

니까.

"되돌아왔어."

"무슨……."

"되돌아왔어요. 되돌아왔어. 흐으으윽. 되돌아온 거야. 되돌아온 거야."

"무슨 소리야, 하얀아."

"아무것도, 아무것도 아니에요. 아무것도. 흐으으윽. 미안해요. 미안해요. 바보 멍청이라서 미안해요."

'좋아.'

"뭐가 미안하다는 건지 나는 잘……. 저주는 괜찮아? 혹시 안 좋은 거라도 본 거야?"

"아니에요. 저주 같은 게 아니에요. 다 제 잘못이었어요. 전부다. 미안해요, 오빠. 마음대로 해서 정말로 죄송해요. 흐으으윽. 미워하지 말아줘요."

'미워할 리가 없지.'

애초에 이쪽이 먼저 정하얀을 미워한 적은 없다.

물론 이번에는 정도가 조금 과했다고 생각했지만 그런 모습을 보인 것은 어디까지나 저주의 영향이다. 오히려 마모된 정신의 틈으로 환상을 우겨 넣을 수 있었다는 것에 감사할 지경.

이런 기회가 빨리 와서 다행이라는 생각이 들 정도였다.

언젠가 한 번 정하얀은 사고를 치게 되어 있다. 물론 미래에 어떤 일이 일어날지는 알 수 없지만 정하얀의 성향상 폭탄이 터지는 것은 이미 어느 정도 예견된 이야기.

그걸 지금부터 미리 억제할 수 있다고 생각하니 괜스레 미소가 지어졌다.

'일말의 책임감은 느끼고 있기도 하고……'

내가 뭔가 특이한 취향이나 구속당하는 걸 좋아하는 것은 아니지만 정하얀에게 죄책감과 동정심 그리고 약간의 호감을 가지고 있는 것은 부정할 수 없는 사실이다.

─자기 자신을 합리화하는 거야. 그녀와 가까워지면 죄책감에서 멀어질 수 있을 것 같아서. 그녀를 버리지 않음으로써 자신에게 양심이란 게 남아 있다는 걸 자위하고 싶어서 말이야.

'그럴 수도 있지.'

나 역시 저주의 영향을 받았을 수도 있다고 생각했지만 이제는 아무래도 상관없다.

묵직한 목소리가 개소리처럼 들려온다.

"무슨 일인지는 모르겠지만 내가 너를 미워할 이유는 없어. 나는 네가 가장 소중하니까."

반의 반 정도는 진심이다.

"어흐어으으으엉. 저도 오빠가 가장 소중해요. 가장 좋아해요."

다시 한번 눈물과 콧물이 묻은 얼굴을 내 가슴에 푹 묻는 것이 보였다.

"되돌아왔어. 돌아온 거야. 감사합니다. 신님. 너무 고마워요, 신님. 너무 감사합니다."

"자꾸만……."

"아무것도 아니에요. 흐그윽. 오빠. 오빠. 어디 다친 곳은 없으신 거죠? 다리는……."

"멀쩡해."

"흐으으으윽. 다행이다. 팔도 괜찮아. 흉터도 없어. 흰머리도 없어. 아프지도 않아. 혀도 멀쩡해. 흐으으윽."

물론, 예상하지 못한 상황이 있기는 있었다. 만들어 놓은 환상이 실감날 거라고는 생각했지만.

'회귀했다고 생각할 줄은 몰랐는데…….'

만약에 이렇게 생각할 줄 알았더라면 조금 더 스토리를 우겨 넣는 편이 좋을 뻔했다.

예를 들면 차희라나 이지혜가 언젠가 내 목숨을 구하는 장면이라든가.

물론 각본상 들어가기 어렵기야 하겠지만 만약에 그런 장면을 넣었다면 정하얀이 그들에게 가지는 적대감이 무척 줄어들었을 것이다.

'아쉽네.'

아마 이후에 따로 설명해 주는 것이 좋으리라.

"오빠…… 흐으으으으윽."

"이제 좀 진정됐어?"

"네…… 조금은. 조금은요."

"그럼 잠깐만 기다려 줄래? 다른 사람들도 챙겨야 할 것 같아서."

"네. 물론이에요. 오빠."

살짝 머리를 쓰다듬어 주니 곧바로 얼굴을 붉히는 모습이 보였다.

가만히 있다가 갑자기 회귀 전에 있었던 일이라도 떠올렸는지 어깨를 떨며 눈물을 흘리고 있는 모습은 애처로운 강아지 같아 조금 귀엽다.

'이러면 안 되는데…….'

아무튼 간에 정하얀의 모습을 보니 제정신을 되찾은 것은 물론 저주의 영향에서 조금 벗어난 것처럼 보였다.

그동안의 실험으로 가능성이 있을 거라고 생각하기는 했지만 이렇게 효과가 좋을 줄은 예상할 수 없었다.

아마 정하얀에게 맞춤으로 제작된 카운슬링의 효과가 있었기 때문이겠지만…….

'다른 사람들한테도 충분히 적용할 수 있어.'

충분하다 못해 넘친다.

가장 상황이 심각했던 정하얀을 끌어올렸으니 다른 이들은 더 쉬울 것이다.

약물 치료와 마법적 효과를 적절히 사용하면 완벽하게는 아니지만 정신적으로 여유 있는 공간이 만들어지는 것이 당연.

슬쩍 고개를 돌려 주변을 바라보니 여전히 혼란스러워하는 장내가 시야에 들어왔다.

첫 번째와 같다. 비명을 지르고 있는 이들은 천천히 깨어나고 있었고 여기저기 주위를 둘러보는 이들이나 혼잣말을 하고 있는 이들이 보였다.

정신이 든 것처럼 보이는 황정연을 슬쩍 바라보자 어떻게 됐냐는 듯이 이쪽에 질문을 보내오고 있다.

'결과는 대성공.'

그 자리에서 곧바로 연금 키트를 꺼내 연성진을 그리자 황정연이 머리를 붙잡으며 이쪽으로 다가오기 시작.

시선이 집중되는 것은 당연하다.

마치 길거리 약장수가 싸구려 물약이라도 팔려고 하는 모양새였으니까.

"기영 씨, 지금 무슨……."

"한 분씩 이쪽으로 와주시기 바랍니다."

"네?"

"다른 분들은 일단 대기해 주시고 한 분씩 이쪽으로 와주세요."

"일단 으······. 설명을······."

"이상희 님부터 이쪽으로 와주세요."

"마스터, 이쪽에 앉으세요."

"자······ 보자. 우리 부길드마스터님. 정확히 어떤 증상을 겪고 계십니까?"

"네?"

"아. 아무래도 프라이버시가 관련된 일이 있을 수도 있으니 적어서 제출하시는 게 더 좋겠네요. 정연 씨."

"네. 준비해 놓을게요."

"지금······."

"저주를 효과적으로 억제하는 방법을 발견했습니다. 이상희 님. 일단은 마음을 편하게 해주시고 정확히 어떤 증상과 어떤 목소리가 들리는지 적어주셔야 합니다. 만약에 환각이 보이기 시작했다면 그것의 내용을 정확히 말씀해 주시는 게 도움이 될 겁니다. 환청이 많이 들린다면 반복적으로 들리는 문구에 대해서도 기술해 주셔야 되고요."

"아······."

"5번대 여러분도 통제에 맞게 제대로 줄을 서서 이쪽으로 와주시기 바랍니다. 필기구 모두 지참하시고 편하게 대기해 주세요."

"······."

모두가 의아해하는 것 같았지만 일단은 통제에 따르려고 하는 모습은 조금은 우습다.

뭔가 하나둘 나사가 빠진 것 같은 모습.

아마 황 간호사의 역할이 컸을 것 같기는 하겠지만 그럼에도 무척이나 재미있는 모습이었다.

"아아. 그러시군요."

"지금까지 죽였던 이들의 얼굴이 보입니다. 너도 곧 죽을 거라고 계속해서 귓가로 속삭이고 있습니다."

"물론 이해할 수 있습니다. 저도 비슷한 증상을 겪고 있으니까요. 일단 물약을 처방받으시고 정신 치료는 잠시 후에 진행할 예정입니다. 누락된 항목이 보이긴 하지만……. 으음. 아, 혹시 어떤 식으로 죽였는지에 대해서도 서술해 주시면 감사하겠습니다."

"아, 그건……."

"말하기 힘든 부분은 글로 적어주셔도 됩니다. 자세히 기술하시는 게 더 효과적입니다."

"제가 보증할게요. 효과가 있겠습니다."

"네. 알겠습니다. 황정연 님."

역시나 황 간호사의 역할이 중요하다.

"아, 다음 분은…… 가현 씨. 지구에 홀로 남아 있는 남동생이……."

"네……."

"무척 힘드셨겠습니다."

"흐으윽."

"저도 지구에 여동생이 있습니다. 당연히 걱정되기는 하지만…… 일단은 힘을 내는 게 중요합니다. 언젠가는 만날 수 있을 겁니다. 지금은…… 심각한 우울증 증세를 보이시고 있는 것 같은데 완벽한 치료는 어려워도 마음의 짐은 덜 수 있을 겁니다."

"어떻게 할까요? 기영 씨?"

"가방에 있는 14번 물약이 적절할 것 같습니다, 정연 씨. 정신 처방도 곧바로 쓰도록 하겠습니다. 가현 씨는 곧바로 치료에 들어가도 될 겁니다. 마법을 준비해 주세요."

"네."

성향이 온순한 이상주의자니까.

아마 약발이 꽤나 잘 받을 것이다. 가지고 있는 성향과 보이고 있는 환각과 환청의 종류, 이런 경우에는 더 치료하기가 쉽다.

'남동생과의 아름다운 재회 이후, 누나는 힘내서 살아달라고 말하는 것으로 마무리.'

살아서 꼭 만나자라는 대사는 꽤나 잘 먹힐 것이다.

몇 가지 감동적인 연출이 있어야 하고…… 취미가 독서니까 판타지 요소도 조금 섞어도 될 것 같았다.

'동생의 목소리와 저주의 목소리가 서로 대립하는 부분도 넣어주면 효과적일 것 같네.'

당연하지만 지금 내가 하고 있는 행위는 의료 행위라고 볼 수 없다.

엄밀히 말하면 카운슬링을 빙자한 사기에 불과하다.

완전히 치료가 되는 것도 아니고 환각과 환청이 들리지 않게 되는 것도 아니다.

정확히 이야기하자면 마모된 정신에 약간의 항생제를 넣어주는 것이 전부.

그렇지만 효과가 있다.

인간의 정신은 약하기도 하고 강하기도 하다. 이런 종류의 저주에 무척이나 맥없이 무너지기도 하지만 희망이 보인다면 다시 일어설 수 있는 용기를 얻는다.

스트레스를 이겨낼 수 있는 힘이 생기고 목소리에 저항할 수 있다고 생각한다.

저 여자의 경우에는 남동생이, 나와 같은 증상을 겪고 있는 남자의 경우에는 자존감이, 정하얀 같은 경우에는 내 존재 자체가 힘이 된다.

'좋아. 좋아.'

모든 일이 잘 풀리는 느낌이다.

당연하지만 김현성에게는 사전에 그 어떠한 설명도 하지 않았다.

너무나도 갑작스러운 치료 행위에 이쪽을 향해 놀랐다는 반응을 보이고 있는 것이 당연.

심지어 황정연의 정신 치료를 받은 이후에 한결 나아지는 이들을 바라보며 입을 벌리고 있었다. 조금 더 정확히 말하면 이렇게 공략하는 방법이 있을 거라고는 상상하지도 못했다는 눈빛.

회귀자의 입장에서는 아마 어처구니가 없을 것이다. 분명 자신이 생각한 공략 루트가 있었을 테니 말이다.

이 저주를 해주할 방법을 알고 있고 실제로 그걸 실행에 옮기려고 하고 있는 도중이었을 터.

하지만 방법은 달라도 목적지만 같다면 상관없다.

녀석도 그걸 이해하고 있는지 고개를 끄덕인다.

"돌아왔어. 너무 감사합니다, 신님. 다시 되돌아오게 해주셔서 감사합니다. 정말로……. 흐으윽."

그렇지만 정하얀이 중얼거리는 소리에는 괜스레 심각한 표정을 보내고 있는 느낌.

'걔 회귀한 거 아니야, 현성아.'

아무래도 모든 치료가 끝난 이후에 따로 설명하는 시간을 가져야 할 것 같았다.

"조금 어떻습니까, 가현 씨?"

"조금 나아진 것 같아요. 환청은 여전히 들리지만 이전처럼 머리가 아프다든가 정신적으로 힘들지는 않네요. 어떻게 이럴 수가 있는지……."

'전부 정연 씨 덕분입니다.'

같은 개소리는 하지 않았다.

내 가치를 최대한 올리는 것도 나쁘지 않다고 생각했기 때문이다. 전투 부분에서 인상적인 모습을 보여주기 힘든 처지인 만큼 그것 외에 외적인 부분에서는 충분히 유능한 척을 해야 한다.

"어떤 마법을 부리신 건가요?"

"하하하. 사실 완전한 마법과는 조금 거리가 멉니다. 그거 아십니까? 뇌는 연합 뉴런으로 이루어져 자극 처리와 가공을 담당하고 있습니다. 그래서 의학적으로도 뇌를 중추신경계로 분류하고 있지요."

"네? 그게……."

무슨 소리를 하냐는 듯이 나를 바라보는 박가현의 표정이 눈에 들어왔다.

사실 나도 내가 무슨 소리를 하는지 모른다.

뇌에 대해서는 개뿔 알지도 못하고 심리학 전문가도 아니다.

그렇지만 나를 바라보는 이들의 표정이 변하는 것이 눈에 들어왔다. 본래부터 나를 과대평가하고 있는 것 같기는 하지만 전문지식을 조금 언급하니 눈이 동그랗게 변하고 있는 것이다.

"중추신경계는 타 기관과는 차별화된 대사를 가지고 있습니다. 아데노신삼인산을 만들기 위해서는……. 그렇게 하기 위해서는 산소를 공급해야 하는데……."

대한민국에서 이딴 지식을 가지고 있는 사람이 몇 명이나 되겠는가. 당연하지만 적어도 내 말을 알아듣는 사람은 아무도 없을 것이다.

나 역시도 그냥 되는 대로 아무런 말이나 쏟아내고 있는 중이니까.

'뇌 과학 연구소에서 일하다 온 사람이 있는 것도 아니고…….'

심지어 알아듣는다고 해도 마법과 연금지식을 접목하는 것은 어디까지나 내가 개척한 분야.

소가 뒷걸음치다가 쥐를 잡은 것처럼 얻은 성과였지만 이빨을 털기에는 최적의 환경이라고 할 수 있으리라.

"아. 제가 조금 어렵게 설명했군요."

"아…… 아니요."

"간단하게 말하자면 이런 종류의 저주는 마법이나 저희가 알지 못한 방법으로 들어와도 결국에는 뇌에 관여한다는 겁니다. 마법이나 연금학이니 흑마법이니 신성력이니 해도 결과적으로는 뇌를 건드리는 것에 불과합니다."

"아아."

"저희가 환각과 환청을 듣는 것 역시 뇌가 착각을 하고 있기 때문이라고 생각하시면 됩니다. 물론, 저로서는 그 착각을 바로잡아 줄 수 있게 고치는 것은 불가능했지만 적어도 항생제를 투여해 줄 수는 있었죠."

"어떤……."

"저희가 보고 듣는 것이 현실이 아니라는 인식입니다. 인간의 몸은 정말로 신기하거든요. 물론 단순히 약물만으로 치료할 수 있는 부분은 아닙니다. 마법이라는 학문은 생각보다 더 복잡하니까요. 연금학 쪽으로 풀어서 설명해 드리자면……."

"아아아. 그, 그렇군요. 네."

고개를 끄덕이고 있는 이들이 보이지만 당연히 이해하는 사람은 없다.

애초에.

'나도 이해하지 못하는데 지들이 어떻게 알겠어?'

뇌과학계의 권위자가 와도 내가 뭔 소리를 하는지 이해하지 못한다.

물론 황정연이나 정하얀 같은 경우에는 귀찮은 질문을 해 올 것 같기는 했지만 대충 뭉뚱그려 설명해 주면 자신들끼리 지지고 볶고 정확한 해답을 내놓을 거라고 생각했다.

'아주 좋아.'

평판이 올라가는 소리가 들려올 정도다.

사실 처음에 내가 길드로 찾아왔을 때만 생각해도 이런 상황이 생기리라고는 생각하지 못했을 것이다.

"사실 처음에 연금술사를 그만한 가격에 데리고 왔다고 들었을 때는 간부들이 미쳤다고 생각했었는데……. 지금 이렇게 보니까 정말 처, 천재가 들어왔네요. 혹시 지구에서는 뭘 하시다가……."

'천재는 개뿔.'

사기꾼이라는 말이 더 잘 어울린다.

"딱히 대단한 일을 하고 있었던 것은 아닙니다."

"혹시 연구소 같은 곳에서는……."

"뭐, 비슷한 일을 하고 있다고 생각하시면 됩니다. 자세하게 알려드리기는 조금 어렵지만."

물론 새빨간 거짓말이다.

"정말로 감사합니다. 기영 씨가 있어서 정말로 든든합니다. 천재, 천재하는 건 미디어에서만 나오는 이야기인 줄 알았는데 그런 사람이 정말로 옆에 있으니 신기하군요."

"하하하. 그렇게 추켜세우시면 민망합니다. 그런 게 아니라 그냥 잡지식이 많을 뿐입니다."

"제가 지금가지 봐왔던 사람 중에 가장 똑똑한 것 같으신데요?"

심지어 박가현이라는 이 여자는 이쪽에 알게 모르게 호감을 보내는 느낌이었다.

같이 지구에 동생들을 놔두고 이곳으로 왔다는 공통관심사가 있기도 했고 뇌가 섹시하다는 생각을 하고 있는 것 같기는 하지만 당연히 그녀의 마음에는 응해줄 수 없다.

정하얀의 얼굴이 파르르 떨리고 있었기 때문이다. 꽉 쥔 주먹과 입술을 깨물고 있는 이빨이 보였다.

'아직 완벽하게 고쳐진 건 아니니까.'

아마도 정하얀이 내가 집착하는 것은 어떤 치료를 병행하더라도 평생 고칠 수 없을 것이다.

"과찬입니다. 정연 씨 앞에서 부끄럽군요."

"아니에요. 저는 단순히 기억력이 좋을 뿐이니까요."

뭐, 대충 정리해 보자면 저들은 지금 나를 몇 만 년에 한 번 태어날까 말까 한 천재 연금술사로 인지하기 시작했다는 것.

"예전에 만났었던 다른 연금술사들은 이런 느낌이 아니었는데……."

"저보다 더 머리가 좋은 연금술사는 아마 린델 내에 널렸을 겁니다. 차이점이 있다면 그들은 지원을 받지 않았을 뿐이고 저는 출발이 조금 좋았다는 것뿐이겠죠. 사실 따지고 보면 모든 게 파란 덕분입니다."

"겸손하시기까지."

겸손이 아니라 진실이다.

물론 몇몇 멍청한 놈이 있기야 하겠지만 적어도 한두 명은 특출한 이들이 있을 것이리라.

그렇지만 내가 아무리 이런 이야기를 해도 이미 확고하게 자리 잡은 이미지는 떨어질 생각을 하지 않고 있는 상황.

'하늘이 내린 천재 연금술사 이기영.'

이미지가 확고하게 자리 잡는 느낌이었다.

인간은 보통 자신들이 이해할 수 있는 일을 잘하는 사람을 질투한다.

반대로 이해할 수 없는 업적을 달성한 이에게는 경외의 시선을 보낸다.

저들에게 있어서 내가 해낸 일은 이해할 수 없는 일로 느껴졌을 터. 던전행이 끝난다면 파란에 영향력을 끼칠 수 있는 기회가 생길 것이다.

본래 파란의 실권을 쥐고 있었던 이상희의 입지가 줄어들고 있었으니 말이다.

물론 이상희는 권력에 집착하는 성격이 아니다. 책임감은 있지만 중압감이나 부담감을 느끼고 있기 때문에 오히려 이런 상황을 달가워하는 것처럼 보일 정도다.

특히나 저주에 걸려 있었던 상황에서 자신이 보여준 비상식적인 모습에 굉장한 자괴감을 느끼고 있는 것 같았다.

'길드원을 전부 죽일 뻔했어.'

라든지.

'나와는 어울리지 않아.'

라고 자책하는 모습이 보였다.

잠깐 쉬고 있는 동안에도 김현성과 굉장히 많은 이야기를 나누는 것이 보였고 혼자 괴로워하는 시간이 길어졌다.

다시 한번 말하지만 인간은 보통 자신이 이해할 수 없는 일을 하는 사람에게는 경외심을 보낸다.

지금까지는 나에게 그런 모습을 보내고 있었지만 앞으로의 던전행에서는 누구에게 경외심을 보낼지는 뻔한 일.

잠자코 있었던 우리의 회귀자가 어떻게 움직일지 조금은 궁금해졌다.

잠깐 휴식을 취하고 있었던 그때였다.

"그동안 정말로 죄송했습니다."

"아……."

"아무리 저주의 영향을 받고 있었다고는 하지만 냉정함을 유지했어야 하는 제가 여러분을 위험해 처하게 했습니다. 어떻게 생각하고 변명해도 할 말이 없습니다."

'좋네.'

입을 연 것은 이상희였다.

확실히 마음에 드는 성격이라고 생각했다. 사과할 이유가 없었음에도 굳이 고개를 숙인 게 되는 거니까.

"현 시간부터 파티의 노선을 조정하도록 하겠습니다. 생존자에 대한 구출보다는 공략이 중요하다고 판단, 공략을 마친 이후에 시신과 혹시 모를 생존자를 구출하도록 하겠습니다."

'드디어.'

무척이나 합리적인 판단이다.

죽은 자를 살리자고 살아 있는 사람이 죽을 수는 없는 노릇. 순서가 뒤바뀐 것뿐이지만 이상희의 저 말은 의미하는 바가 크다.

"그렇지만……."

"물론 생존자들의 대한 수색도 멈추지는 않겠습니다. 대형을 변경하고 지금보다 더 빠르게 움직일 수 있도록 하겠습니다."

"네."

"선두에는 현성 씨가 서도록 하겠습니다."

"네. 최선을 다하겠습니다."

김현성이 이상희를 구워삶은 모양이다. 아니, 녀석도 지금 이 시점이 타이밍이라고 생각했을지도 모른다.

더 이상 저주의 영향을 받고 있는 파티원은 없다. 저주를 해주하기 위해 혼자서 고군분투했을 녀석을 떠올리자 조금 미안한 감정이 들기는 했지만 오히려 좋아하는 것 같은 느낌이었다.

녀석의 입장에서는 걱정거리가 하나 날아간 셈.

이쪽을 바라보며 조용히 웃음을 보내고 있는 게 시야에 비쳤다. 천천히 일어서며 검을 갈무리하는 모습이 확실히 인상적이다. 뭔가 분위기를 압도하는 느낌이 있다.

'위압?'

살기 따위가 아니다.

터벅터벅 걷고 있던 자세를 올곧이 잡자 너도 나도 몸을 일으키기 시작. 이곳에 있는 원정대원들이 뭔가에 홀렸다고 느낄 정도였다.

'저게 맞아.'

저런 걸 이상적인 지도자라고 하는지도 모른다.

나만의 생각은 아닐 것이다.

이상희도 당장 김현성을 바라보며 멍한 표정을 보내고 있다.

김현성은 사실 조금 독단적이라고 볼 수 있다. 애초에 이 던전에 온 것 역시 파티원들의 의견을 배제한 김현성 혼자의 판단이라고 볼 수 있었으니 말이다.

녀석은 자신이 옳다고 생각하는 것을 관철시키고 목표를 위해 똑바로 나아간다.

'여기가 옳은 길이야. 함께 가자'라고 말하는 것처럼 보인다.

따르고 싶은 매력이 있다.

군주학에 대해서는 개뿔 알지도 못하지만 녀석은 내가 봤을 때 이상적인 군주라고 볼 수 있다. 다스리는 자로서는 부족할지도 모르지만 이끄는 자로서는 내가 본 그 누구보다도 이상적이다.

"출발합니다."

말을 내뱉은 이후에 발걸음을 옮기는 것은 순식간. 모두들 자리를 일으키고 곧바로 녀석의 뒤를 따른다. 천천히 발걸음을 옮겼던 김현성을 속도를 올리고 마찬가지로 다른 파티원들도 속도를 올린다.

중간에 갈라져 있는 길이나 방에 대한 수색은 무시.

커다란 길로 계속해서 발걸음을 옮기는 녀석의 뒷모습은 왠지 모르게 믿음이 간다.

몬스터를 염두에 두지 않는 것 같은 속도. 어디서 튀어나올지 모르는 함정이나 언데드를 전혀 고려하지 않는다.

혹시 모를 돌발 상황에 대응할 수 있다는 자신감 때문이 아니다. 단순히 길을 찾는 것 자체가 목적인 것 같은 느낌.

'없는 건가?'

이곳에 다른 몬스터들이 없을 가능성에 대해서 떠올리는 것은 순식간.

전혀 불가능한 이야기는 아니라고 생각했다.

저주받은 신단이라는 그 네이밍처럼 저주 자체를 수단으로 이용하는 종류의 던전일 수도 있다.

만약 그 가설이 맞다면 지금 김현성이 어디로 향하고 있는지는 뻔한 일.

이 던전의 주인이자 우리에게 저주를 내린 술사일 것이다.

풍경이 조금씩 바뀐다.

갈래가 줄어들고 작은 방도 이젠 보이지 않는다. 빠르게 걸었다고 생각하고 있는데도 커다란 규모의 신단의 끝에 다다르기에는 아직인 모양.

물론 몇 차례 저주가 쏟아지기는 했지만 크게 동요하는 이들은 없었다. 약발이 생각보다 잘 받았다는 증거이리라.

"언데드는…… 없군요."

"분명히 보고를 받았는데."

"아마 언데드를 봤던 것 역시 저주일 확률이 클 것 같습니다. 아직까지 확정지을 만한 상황은 아니지만 그렇게 가정해도 괜찮을 것 같습니다."

"그래도 경계를 늦추지 말아주십시오."

"네."

중간중간 시체도 발견할 수 있었다. 파란의 길드원들이다.

저들이 어째서 죽었는지 자세히 확인하지 않았지만 대충은 예상이 갔다. 스스로 목숨을 끊었든가 아니면 서로 죽이고 죽었을 것이다.

이 과정에서 이상희는 조금 혼란스러워했지만 원정을 계속해서 진행하는 데는 무리가 없었다.

조금 안쪽으로 들어간 이후에는 무척이나 투박하게 장식된 자그마한 문을 볼 수 있었다.

천천히 문을 열자 시야에 비치는 것은 의자에 앉아 있는 여자. 창백한 얼굴을 한 채 눈을 감고 있는 모습.

곧바로 상태창에 새로운 정보들이 쏟아지기 시작했다.

[영웅 등급의 던전 저주받은 신단의 주인, 저주를 내리는 성녀 율리에나와 조우하셨습니다. 퀘스트가 활성화됩니다.]

[영웅 등급의 강제 퀘스트가 발동됩니다.]

[영웅 등급 퀘스트-율리에나 처치(0/1)]

끝에 다다른 것이다.

19장
율리에나

기분 나쁜 목소리가 울려 퍼졌다.

─아아아…….

이유는 모르겠지만 괜스레 다리가 부들부들 떨려온다.

사실 희귀 등급의 던전, 공포의 정원의 던전 보스는 제대로 된 던전 보스라고 하기에는 힘들었다.

정원의 주인은 덩치가 큰 것이 고작이었고 그나마 장점이라고 할 수 있는 회복력도 파티원의 공격력을 감당하기에는 부족했기 때문이다.

그렇지만 눈앞에 있는 여자는 다르다. 아무것도 모르는 내가 봐도 뭔가 심상치 않다는 느낌이 전해져 온다.

사제복을 입고 있는 모습은 확실히 성녀라고 할 수 있을 것 같지만 풍겨져 오는 분위기는 딴판.

본능적으로 압도당하고 있다.

저 여자는 포식자고 나는 피식자라는 사실을 깨닫게 된다.

괜스레 김현성의 따뜻한 등 뒤가 그리워지는 순간이었다.

'현성아…… 괜찮은 거 맞지?'

ㅡ아아아. 게드릭. 나의 게드릭! 드디어 나를 만나러 와주었구나…….

'무슨 개소리야.'

ㅡ드디어 나를 찾아주었어. 사랑스러운 나의 게드릭!

목이 이상할 정도로 꺾여서 돌아간 이후에 이쪽을 향해 손을 뻗는다.

잠깐 동안 게드릭인 척을 해볼까 생각하기는 했지만 아무래도 이런 곳에서 먼저 나서는 것은 위험할 것이다. 조용히 후위에 섞여 전위들의 품 안에서 대기하고 있는 것이 가장 베스트다.

'눈이 안 보이는 건가?'

김현성이 한 발자국을 더 내디딘 바로 그 순간이었다.

ㅡ아아아아아.

'…….'

ㅡ너희는 그가 아니구나. 그가 아니야.

미간을 잔뜩 찡그린 이후에 감긴 눈을 치켜뜬다. 눈동자가 정상일 거라고는 생각하지 않았지만 눈꺼풀 안에 있는 것은 새까만 어둠이었다. 뽑혔는지 아니면 내 눈에 보이지 않는 건지는 모르겠지만 마치 빨려 들어갈 것만 같았다.

생리적인 거부감 때문인지 등 뒤로 소름이 돋아났다.

'개……'

─그가 아니야. 그가!

밟고 있는 바닥이 울리고 후두둑 하는 소리와 함께 던전의 내부가 흔들린다.

마력이라고 할 수 없는 이상한 기운이 사방으로 뻗어나가는 것은 물론 계속해서 울리는 목소리에 저도 모르게 두 손으로 귀를 막았다.

울컥 하고 목구멍으로 피가 튀어나오려고 했을 때 원정대 전체를 감싸는 막이 보였다.

선희영이 신성 마법으로 기운을 막아내고 있는 것이다.

─그가 아니야!

"전투 준비합니다. 마법사들은 주문을, 사제님들을 계속해서 신성력을 유지해 주세요. 어그로를 끌 수 없는 몬스터라고 판단, 최대한 수비적으로 운영하겠습니다. 장기전이 될 겁니다."

"네."

생각보다 침착한 이상희는 커다란 방패를 들고 후위를 가렸다.

든든한 느낌이다.

곧바로 주문을 외우자 여기저기서 마력이 일어나기 시작. 캐스팅이 끝날 때까지 시간을 벌어주는 것은 전위의 몫이다.

물론 우리도 가만히 있지만은 않았다.

김현성을 필두로 몇몇이 율리에나를 향해 쏘아져 나가기 시작했다.

'힘내라, 김현성.'

마법도 신성력도 아니라고 할 수 있는 기운들이 사방으로 터져 나온다. 누구의 것인지는 아마도 뻔할 것이다.

'율리에나.'

"방어 마법 준비해 주세요."

—더러운 놈들이, 더러운 놈들이 감히! 이곳을 침범하다니. 이곳을!

콰드드드드득!

검은 구체가 바닥을 긁으며 이쪽을 향해 돌진하는 모습은 가관. 정체를 알 수 없는 기운이 나를 집어삼킬 것처럼 가까이 다가오는 것은 보기 좋은 장면이 아니다.

어느새 길을 막는 이상희가 방패를 들어 묵직한 공격을 막아내는 장면이 보였다.

공격을 막아내기는 했지만 쉽지 않은 느낌. 표정이 일그러진 이상희에게로 신성 마법이 들어가는 것이 눈에 보였다.

'쉽지 않은데…….'

본래의 몬스터를 사냥하는 방법과는 조금 다르다.

정원 군주 같은 경우에는 가장 앞쪽에 있었던 전위들에게 어그로가 쏠렸다고 한다면 지금 눈앞에 있는 율리에나의 경우에는 딱히 특정 목표를 설정하고 있지가 않다.

그야말로 미친년처럼 날뛰는 상황.

상대적으로 방어력이 낮은 후위를 보호하기 위해서는 전위가 이쪽에 달라붙어 있을 수밖에 없으니 저 여자를 상대하는 게 쉽지 않았다.

마법을 캐스팅하는 시간이 길어진다.

장기전인 만큼 혹시라도 사제단이 피해가 가면 안 되었기에 그 상황을 대비해 탱커들은 조금 더 긴장해야 했다.

민첩이 높은 궁수들은 다른 도움을 받는 것을 기대하기 힘들 것이다.

정하얀과 황정연의 입을 여니 곧바로 튀어나오는 것은 거대한 마력을 담은 마법.

순식간에 미친 여자를 감싸는 것처럼 보였지만 이윽고 검은색 구체가 또다시 그녀의 몸을 감싸기 시작했다.

나 역시 외우고 있었던 주문을 입 밖으로 내뱉은 것은 바로 그때.

"……!"

허공에서 생겨난 거대한 팔이 검은색 구체에 감싸져 있는 율리에나를 통째로 뭉개 버릴 기세로 떨어졌다.

콰드드드득!

파티원들의 표정에 깜짝 놀란 기색이 깃들었다.

흙먼지가 가라앉고 율리에나가 이쪽을 바라보는 것이 보인다.

-감히. 감히!

내 마법은 엄연히 물리계로 분류되어 있다. 그래서인지는 모르겠지만 조금은 대미지가 들어간 느낌. 그렇지만 그 소식이 그렇게 반갑지만은 않았다.

'망했다.'

우연인지 뭔지 모르겠지만 검은색의 구체가 내가 있는 지역을 향해서 떨어지는 느낌.

정체를 알 수 없는 기운이 계속해서 떨어졌다.

김현성 역시 혹시나 이쪽이 피해를 입을까 쉽사리 접근하지 못하고 검으로 공격을 막아내는 상황.

차라리 이쪽이 없었다면 조금 더 편하게 사냥을 이어갈 수 있을 거라 생각했다.

'영웅 등급의 던전은 원래 이런 건가?'

쉬울 거라고는 생각하지 않았지만 내가 생각했던 것보다

빡빡하다. 여기저기에서 굉음이 들리고 땅이 파이고 던전 전체가 흔들린다.

'덕구로는 무리야.'

아마 그것이 김현성이 제대로 움직이지 못하는 이유이리라.

이상희는 틀림없이 1인분을 해주고 있지만 마력이 낮아 저항력이 딸리는 박덕구는 이쪽과 별다른 차이가 없다. 열심히 해주고는 있지만 작은 공격을 막아내는 것이 고작이리라.

그나마 버틸 만한 건, 아직까지 저주를 쏟아붓지 않다는 것.

애초에 신성력이나 마력으로도 해주할 수 없는 규격 외의 기술이라 제한 조건이나 쿨타임이 있으리라고 생각은 했지만 내가 생각한 것보다 자주 쓸 수 있는 기술은 아닌 것 같다.

만약 이런 상황에서 환각마저 보게 된다면 조금 더 위험해질 수 있으리라.

어떻게든 뭔가 결단을 해야 한다.

조금이라도 위험할 수 있는 상황을 멀리하고 싶다. 결국에는 슬쩍 입을 여는 게 조금 더 합리적이라는 것을 깨달을 수밖에 없었다.

"아아아아. 나의 율리에나!"

우습게도 움찔 하는 모습이 시야에 비쳤다.

─게, 게드릭?

한참 전투가 진행되고 있는 도중 터져나온 내 목소리에 잠깐 동안 전투가 소강상태에 접어들었다.

뭐 하냐는 듯이 나를 쳐다보는 원정대원들의 시선이 날아들었지만 굳이 대답할 의무는 없다.

곧 모두가 알게 될 테니까.

"율리에나! 나의 율리에나!"

ー게드릭! 아아, 와주었구나. 게드릭! 네가 와주었어.

"율리에나! 기나긴 영겁의 시간동안 당신을 찾아다녔소. 이 신단을!"

ー게드릭, 드디어 네가 드디어…….

"율리에나!"

ー아, 아니야. 너는 게드릭이 아니야.

'제길.'

"수많은 세월이 흘렀소, 율리에나. 이 신단에 묶여 있는 그대와는 반대로 나는 여러 번의 변화를 겪었지. 헤아릴 수조차 없는 시간이요. 내 말투와 내 존재, 내 모든 것이 그때와는 많이 달라졌소."

ー아니야. 너는 게드릭이 아니야.

"율리에나! 나의 사랑 율리에나!"

ー너는 게드릭이 아니야!

"율리에나, 나는 달라졌지만 나는 여전히 그 날을 기억하고 있소. 율리에나, 그대와의 추억을 항상 이 몸 안에 간직하고 있소."

―아…….

"그 소중했던 기억을 말이오."

―게드…… 릭?

그날이 뭔지는 모르겠지만 뭔가 생각나는 것이 있을 것이다. 아무것도 없는 공허한 눈동자에서 검은색 눈물이 흘러나왔다. 보기만 해도 괴기스럽다. 그로테스크한 느낌에 잠깐 인상을 찌푸렸지만 구태여 목소리로 티를 낼 수는 없는 노릇.

일단은 저 여자에게 작업을 치는 게 좋을 것 같다는 생각이 들었다.

뭔가 여기서 설명을 더 요구한다면 밑천이 바닥나는 것은 당연지사.

―그날이라면…….

한 번 더 물어올 것 같아 괜스레 불안해졌다.

"우리가 서로…… 아아아아악! 율리에나!"

―게드릭!

"이들이 나를 억압하고 있소, 율리에나! 아아아아악!"

뭐 하냐는 듯이 나를 바라보는 이상희와 박덕구, 선희영은 눈을 동그랗게 뜨고 있었고 정하얀은 질투를 보내고 있었다.

'다들 눈치가.'

없어.

지금쯤 열심히 시킨 일을 하고 있을 이지혜가 그리워질 지경.

그나마 머리가 잘 돌아가는 황정연을 바라보며 계속해서 눈짓하자 고개를 끄덕이는 황정연의 얼굴이 보였다.

그렇지만.

"어리석은 율리에나! 어리석은 율리에나야! 네, 네, 네가 사랑하는 게드릭은 우리 손에 있다!"

'미친 발연기.'

일일 드라마에 미쳐 있다는 것을 보고 조금은 기대하고 있었던 내가 다 어이가 없을 정도였다.

혹시나 율리에나가 황정연의 연기를 보고 마음을 바꿔 먹진 않을까 걱정될 정도의 수준.

본인도 민망했는지 얼굴이 붉어져 있었지만 다행히 율리에나는 황정연의 연기에 의구심을 갖지 않았다.

"율리에나! 나를 구하지 마시오. 율리에나! 지금 당장 도망치시…… . 크흑. 이들은!"

—게드릭!

"크흑. 도망가시오! 율리에나!"

—네놈들이 감히! 감히! 게드릭을!

게드릭인지 개드립인지 내 알 바 아니다.

그러나 생각보다 효과가 있다.

물론 아직까지는 의심하고 있을지도 모른다. 그렇지만 그런 생각을 계속해서 유지할 수 있을 리가 없다. 평생 동안을 기다리던 게드릭이 죽게 생긴 상황이다.

저런 반응을 보이는 게 당연할 것이다.

'미친 듯이 폭주하는 게 문제지만.'

후위를 향해 기운을 날리는 미친 짓은 하지 않을 것이다.

사랑하는 게드릭이 붙잡혀 있는 곳이었으니까.

조금 멍한 표정으로 사태를 파악하고 있는 다른 이들과는 다르게 김현성은 곧바로 율리에나를 향해 쇄도하기 시작, 곧바로 검을 휘둘러 오는 녀석의 모습이 보였다.

김현성은 아직 영웅 등급의 던전에서 활개 칠 수 있는 수준이 아니다.

사실상 녀석도 아직까지 성장 단계라고 말하는 편이 맞으리라. 그렇지만 계속해서 이쪽을 향해 달려오려는 율리에나와 그녀를 막으려는 김현성의 싸움은 내가 보기에도 놀라워 보였다.

사방에서 뻗어 나오는 검은 기운을 검 한 자루에 의지한 채로 막아내고 있는 김현성.

공격 범위가 한정되어 있음에도 자신의 앞을 가로막은 김현성에게 수많은 공격을 뿌려대고 있는 율리에나.

콰드득 콰직!

같은 소리가 울려 퍼지는 것은 물론, 내 상식으로는 이해할 수 없는 공방을 주고받고 있었다.

'허……'

김현성이 검을 뻗지만 검은색 기운에 틀어 막힌다.

마치 촉수처럼 보이는 율리에나의 검은색 기운이 김현성을 후려치지만 우리 사랑스러운 회귀자는 그것을 아무렇지도 않게 막아낸다.

대충 보기에도 화려한 공방에 우리 파티뿐만이 아니라 남은 파란의 파티원들 역시 커다랗게 입을 벌릴 정도. 애초에 어떻게 끼어들어야 할지 타이밍을 잡기가 힘들어 보였다.

ㅡ이 버러지 같은 놈이! 당장 비키지 못해?

"……"

ㅡ게드릭! 게드릭!

싸움의 스케일이 커지는 게 눈에 보인다.

본래 영웅 등급 던전의 주인인 율리에나는 그렇다고 치더라도 김현성이 현재 보여주고 있는 무위는 입이 벌어질 수준.

우리가 자리한 이 방이 조금씩 그 형태가 바뀌는 게 느껴질 정도였다.

ㅡ당장 비키지 못해?

쾅!

콰드드드득!

얼핏 보면 호각이라고 할 수 있을 정도. 그렇지만 사실상 이 전투는 김현성이 가져갈 수밖에 없는 전투다.

─저주가!

"아아아아아악!"

─게드릭!

진심으로 싸울 수 있는 김현성과는 다르게 율리에나는 게드릭이라는 약점을 노출시킨 채 싸우고 있었기 때문이다.

그녀에게 있어서 게드릭이라는 녀석이 어떤 의미인지는 알 수 없었지만 적어도 위험한 곳에 자신의 목숨을 던질 정도로 소중한 사람이라는 정보는 확인할 수 있었다.

그런 소중한 사람이 인질로 잡혀 있으니 본 실력을 제대로 보여주지 못하는 것도 무리가 아니리라.

내가 비명을 지르거나 율리에나의 이름을 외칠 때마다 동요하는 게 눈에 보일 정도였다.

사실 지금보다 싸움을 쉽게 끝낼 수도 있다.

소중한 게드릭을 억압하는 이 괴한들이 협박을 하는 순간부터 율리에나가 힘을 못 쓰는 것은 너무나도 자명한 일.

그렇지만 싸움의 여파를 바라보는 이들은 그런 생각을 못 하는 것처럼 보였다.

'아니.'

꼭 그렇게까지 하지 않아도 된다.

지금 김현성은 파란의 남은 인원들을 향해 무력을 선보이고 싶어 하는 타이밍이었으니 말이다.

입술을 꽉 깨물고 있는 김현성은 어디까지나 진심이다.

율리에나는 그만큼 강하다. 그녀를 둘러싼 검은색 촉수들은 사방으로 뻗어나가 어떻게든 김현성을 옭아매려고 한다.

마치 곡예를 보이는 것처럼 한 끝 차이로 촉수를 피하거나 잘라내는 모습은 이미 사전에 합을 맞춰본 것이 아닐까 하는 의심이 생길 정도다.

검을 한 번 휘두를 때마다 촉수가 뭉텅이로 잘려나가고 김현성이 몸을 피한 자리에는 어김없이 공격들이 쏟아진다.

물론 율리에나 역시 만만치 않은 것은 당연지사.

상위의 싸움을 바로 앞에서 바라보고 있는 듯한 기분이었다. 아마 저런 모습을 보여줄 수 있는 것은 내가 아는 사람들 중에서는 차희라 정도가 고작이리라.

그나마 이곳에서 가장 강하다고 할 수 있는 이상희도 뭔가에 홀린 듯 김현성을 바라보고 있었으니 말이다.

사실 무척 필사적인 율리에나의 모습을 보고 그녀를 어떻게 할 수 있지 않을까 하는 생각을 해보기는 했지만.

'너무 위험해.'

만약에 들키면 그곳에서 아웃.

나뿐만이 아니라 내 주변에 있는 이들도 전부 피해를 입을 것이다. 도박은 싫어하는 편.

지금은 굳이 주사위를 던져야 하는 타이밍이 아니다.

－조금만 기다려, 게드릭. 조금만!

돌아가는 상황은 무척이나 만족스러웠지만 한 가지 찜찜했던 것은 어느새 악역의 포지션에 자리 잡은 것이 우리처럼 보였다는 것.

눈이 없는 율리에나가 얼마나 절박한지 느껴졌다.

내가 찜찜하다는 생각을 할 정도로 그녀의 모습은 필사적이다. 악한에게 붙잡혀 있는 게드릭을 어떻게든 구출하기 위한 성녀의 발버둥.

물론 저 여자를 동정하진 않는다.

광기에 집어 삼켜진 것처럼 보이는 율리에나는 수많은 희생자를 낸 던전의 주인이었고 실제로 우리 파티도 죽을 위기를 겪었으니 말이다.

아마 이 던전의 존재가 아직 알려지지 않았을 뿐, 우리가 모르는 사상자를 냈을지도 모른다.

갑자기 던전에 먼저 침입한 불청객도 우리라는 걸 생각해보면 변명의 여지는 없지만⋯⋯ 김현성과 호각으로 맞붙을 수 있는 괴물과 드잡이를 하고 싶지는 않다.

－이 귀찮은 파리가!

"⋯⋯."

-어둠에 집어 삼켜지리라.

하늘을 수놓은 어두운 색의 역십자가. 그것이 김현성을 향해 떨어지지만 김현성은 제자리에서 검을 휘둘렀다.

쾅!

콰직!

콰드드득!

'강해.'

자신의 몸보다 더 큰 검은색 십자가들을 전부 잘라내고 있는 모습은 경외감을 불러일으킬 정도.

나도 모르게 멍하니 입을 벌리고 그 장면을 바라보고 있었다.

-어둠에 집어 삼켜지리라!

콰직! 콰앙!

'허…….'

조금 당황스러웠던 것은 김현성의 얼굴이었다.

입가에 걸려 있는 미소는 누가 봐도 지금 이 상황을 즐거워하는 것처럼 보인다.

콰직!

어쩌면 자신의 힘을 시험하고 있는 과정일 수도 있다고 생각했다.

물론 스펙의 차이는 어쩔 수 없는지 몸에 상처가 쌓이지만 김현성은 현재의 자신의 상태에 만족스러워 하고 있는 것처럼 보였다.

'아직 평균 80에 도달하지 않은 능력치로도 저 정도라니…….'

─당장 비키지 못해!? 와라! 저주를 내리는 검이여!

얼굴이 일그러진 저주받은 성녀의 위로 하늘에서 검이 떨어진다.

김현성의 검이 아니다.

'저게 무슨 성녀야.'

아니 애초에…….

'이게 무슨 싸움이야.'

지금 저들이 보여주고 있는 싸움은 규격 외라는 표현이 어울린다.

개인적으로 좋아하는 표현은 아니지만 그것 말고는 이 싸움을 정의할 수 있는 단어가 없다.

2페이즈에 돌입한 것처럼 보이는 율리에나가 검을 들고 김현성과 다시금 맞부딪치고 있는 모습.

정면승부로는 힘들다고 생각했는지 김현성은 율리에나의 검을 흘리기 시작했고 그 여파가 고스란히 우리에게 전해져 온다.

박덕구나 이상희는 방패를 들고 최대한 이쪽을 막아서고

있었고 김현성을 보조해 주는 마법이 아닌 우리를 보호해 주는 마법이 계속해서 덧씌워졌다.

'이길 수 있나?'

그 와중에도 걱정되는 것은 승패 여부. 김현성이 이길 것이라고 확신했지만 점점 늘어나는 김현성의 상처에 조금 걱정이 들었다.

이쪽에서 계속해서 신성력을 넣어주고 있는데도 불구하고 이 모양이라면 어쩌면 최악의 상황이 올 수도 있다고 생각했다.

'믿어야 되나?'

저게 김현성의 전부라고 생각하지는 않는다. 분명히 뭔가 하나나 둘 정도는 숨기고 있을 것이다.

그렇지만 자기 자신을 과신하고 있을지 모른다고 생각하니 괜스레 불안해지기 시작했다.

—어둠에 짓밟히리라!

율리에나가 들고 있는 검을 들어 올리고 김현성 역시 마력을 검에 집중시킨다.

'아마도 마지막.'

싸움에 대해서는 알지 못하지만 분위기라는 것이 있다. 전력을 담은 검이 부딪치려고 할 때 나는 나도 모르게 소리를 지를 수밖에 없었다.

"율리에나!"

검을 휘두르는 와중에 목소리가 들리는 쪽으로 고개를 돌리는 그녀.

김현성은 막대한 기운이 담긴 율리에나의 검을 흘려낸다.

허공을 가르는 저주를 내리는 검.

사태를 파악하려고 자세히 그녀를 지켜봤을 때는 이미 김현성의 검이 그녀의 복부에 꽂힌 이후였다.

─게드…… 릭

'너무 쓰레기 같은데…….'

지금까지도 쓰레기 짓을 많이 해왔다고 생각하지만 던전의 보스 몬스터에게 이런 감정을 느낀 것은 또 처음이다. 쓰러진 채 이쪽을 향해 손을 뻗는 모습이 시야에 들어왔기 때문일 것이다.

─게드릭…….

천천히 흩어지는 그녀의 모습을 뒤로 멍하게 김현성을 바라보는 원정대원들이 시야에 비쳤다.

찜찜한 마음을 뒤로했을 때는 사방으로 정체를 알 수 없는 기운이 퍼져나갔다.

잠깐 움찔 하기는 했지만 머리가 맑아진다.

이후에는 던전 공략을 성공적으로 완료했다는 사실을 깨달을 수 있었다.

[영웅 등급의 강제 퀘스트가 완료되었습니다.]

[영웅 등급 퀘스트-율리에나 처치(1/1)]

[보상으로 랜덤 스탯 포인트 4를 부여합니다.]

'끝났어.'

조용히 숨을 헐떡거리며 반쯤 쓰러져 있는 녀석에게 모두가 달려간 것은 당연지사. 그 와중에도 굉장히 소란스러운 목소리가 여기저기서 들려왔다.

"현성 씨 괜찮으십니까?"

"어, 어떻게 그렇게……."

"현성 씨!"

"아, 저는 괜찮습니다."

처음에는 물론 김현성의 몸 상태를 확인하는 말이 대부분이었지만 계속해서 그 웅성거림이 커지기 시작했다.

"허……."

"말도 안 돼……."

"난이도가 있었다고 생각은 했지만 조금 당황스럽군요."

"아마 승급을 앞두고 있는 던전이었을지도 모릅니다. 아니면 본래 등급에서 강등 당했을 가능성도 있고요. 저도 이런 경우는 처음이라 뭐라고 설명해야 될지 모르겠군요."

"무슨 일이 됐든 길드에게는 복이 되겠네요."

도무지 무슨 소리를 하는 건지 이해가 되지 않았던 것도 잠시, 바닥에 꽂혀 있는 검을 보자 저들의 이야기가 무슨 뜻인지 알아차릴 수 있었다.

[저주를 내리는 검—전설 등급]

'허……'
희미하지만 계속해서 주황색 빛이 번뜩이고 있다.
'대박.'
어째서 김현성이 이 던전에 오고 싶었는지 알 것 같다.
'이걸 위해서였나?'
전설 등급의 아이템. 아직까지 대륙 전체에서도 매우 적은 수만 풀린 무구다.

확인되는 전설 등급의 아이템은 총 6개. 아마 실질적인 사용자는 좀 더 있겠지만 그래봤자 10개가 넘지 않을 것이다.

심지어는 전설 등급의 던전에서도 드랍되지 않을 확률이 크다는 무구가 난데없이 이곳에 떨어진 것이다.

이 던전에서 얻을 수 있는 사실을 김현성이 알고 있었다면 무리하게라도 나선 것도 이해할 수 있다.

애초에 이 대륙에서 전설이라는 단어는 그 정도의 무게감을 가진다.

전설 등급의 던전, 전설 등급의 직업, 전설 등급의 아이템, 전설 등급의 퀘스트, 전설 등급의 레이드 몬스터.

대륙에 사는 누구나 머릿속으로 이것 중 하나라도 가지거나 발견하길 바란다. 갑작스레 이곳이 소란스러워진 것도 그때문일 것이다.

소유권 분쟁이 일어나도 이상하지 않을 상황.

하지만.

주인은 정해져 있다.

아마 모두가 속으로 이 아이템을 가져가야 할 사람이 누구인지 알고 있을 것이다. 바람 정도는 잡아주는 게 나쁘지 않을 것 같아 조용히 입을 열었다.

"율리에나를 일대일로 쓰러뜨리실 줄은 상상도 못 했습니다."

"아마 기영 씨가 없었다면 당할 수도 있었을 겁니다. 정말로 감사드립니다."

녀석 역시 스리슬쩍 자신의 역할이 컸다는 것을 어필하는 것을 보니 확실히 이 검이 탐나기는 하는 모양.

탐을 내는 것이 당연하다. 내가 좋은 연금 키트를 원하듯 녀석 역시 좋은 검을 원할 것이다. 누가 주인인지에 대해서는 굳이 시시비비를 가릴 필요도 없다.

어디까지나 율리에나를 잡은 것은 김현성.

물론 다른 사람들의 외적인 도움이 없었다고는 할 수 없지만 처음부터 마지막까지 그녀와 대치한 것은 우리의 사랑스러운 회귀자다.

이상희 역시 자신이 지금 어떤 발언을 해야 하는지 충분히 인지하고 있을 것이라고 생각했다.

"일단은 영웅 등급의 던전 저주받은 신단의 공략 완료를 선언하겠습니다. 이 주변을 정리하고 다른 아이템이나 타 길드의 시신이 없는지 탐색해 주세요. 3인 1조로 주변을 둘러보시고 특이사항을 발견하면 곧바로 보고해 주셨으면 합니다. 정산은 길드에 돌아간 이후에 할 수 있도록 하겠습니다. 가현 씨는 지금 곧장 길드로 돌아가 원정대의 상황을 알려주시기 바랍니다. 그리고……"

"……"

"아직 말씀드리기는 이릅니다만 저주를 내리는 검의 소유권이 누구에게 있는지는 대충 이해하고 계실 겁니다. 혹시라도 이 저주를 내리는 검을……"

이상희가 말을 잇는 순간이었다.

우웅.

"어?"

우웅!

'뭐야.'

가만히 바닥에 꽂혀 있던 검이 저 혼자 천천히 공중으로 떠오른 것.

모두가 경계를 보내는 것은 당연할 것이다.

난생 처음 보는 상황에 모두가 어찌할 바를 모르고 있었을 때, 저주를 내리는 검이 천천히 이쪽으로 다가오는 것이 보였다.

조금 이상했던 것은 적의가 느껴지지는 않았다는 것.

"주인 의식?"

누군가 중얼거린 목소리에 지금 무슨 일이 벌어지고 있는 건지 파악하는 것은 순식간이다. 희미한 빛을 내며 다가온 검이 계속해서 떨리는 소리를 내며 나를 바라보는 듯했다.

'이게 뭐야.'

무슨 일이 벌어지려고 하는 건지 알 수 없었다.

'이러지 마.'

우웅!

'나 검사 아니야, 이 새끼야.'

굉장히 당황한 김현성의 얼굴이 시야에 비쳤다.

'이게 아닌데, 슈바. 이거 아니야, 현성아. 믿어줘. 이러려고 한 게 아니야.'

엉망이 된 김현성의 몰골이 보인다. 신성 마법으로 이미 한 번 치료받긴 했지만 그럼에도 여기저기에 상처가 남아 있다.

그렇게 말도 안 되는 싸움을 벌였으니 저런 모습도 당연하다. 율리에나의 촉수에 당했는지 몸 곳곳에 작은 구멍이 뚫려 있었고 입고 있던 장비는 거의 반 이상이 파손되었다.

심지어 하늘에서 떨어지는 검은색 십자가에 당한 팔은 아직도 치료 중이다.

단순히 겉모습으로만 판단해 보자면 조금은 처량해 보인다.

그와 반대로 내 모습은…….

'깨끗해.'

상처 하나 없이 무척이나 깨끗한 모습이다. 아니, 상처는커녕 생채기도 나지 않았다.

나에게 다가오는 검을 바라보는 김현성의 얼굴은 마치 애인이라도 떠나보내는 것 같다.

눈치가 보이는 것이 당연하다.

"보통 전설 등급의 아이템은 스스로 주인을 정한다는 이야기를 들어본 적이 있어요. 정확히는 모르겠지만 아마도 그런 상황인 것 같네요."

"네. 저도 그런 이야기를 들어본 적이 있습니다, 정연 씨."

'이러지 마.'

내 입장에서는 너무 당황해서 어이가 가출을 한 상황.

김현성도 크게 다르지 않은 것 같았다.

녀석이 무리한 게 이 전설 등급의 아이템 때문이라고 생각하니 가슴이 아파올 지경.

모두가 아이템을 얻기 위한 영광스러운 상처다.

본의는 아니지만 김현성이 그리고 있는 큰 그림을 박살 냈다.

'제길……. 어차피 쓸 일도 없는데…….'

"가, 갑자기 왜 이러는지 저도 잘 모르겠습니다."

슬쩍 시선을 피하니 공중에 떠오른 검이 내 시선을 따라온다.

우웅…….

계속해서 울리고 있는 것은 덤.

"혹시 주인 의식을 거부할 수도 있는 겁니까?"

"일반적으로는 그렇습니다만, 아직 전설 등급의 아이템에 대한 정보가 풀리지 않아서 말입니다. 상황을 보면 쉽게 물러서지는 않을 것 같습니다."

"그렇다면 현성 씨가 한 번 잡아보시는 건 어떻습니까. 일단은 저는 검사도 아니고 굳이 필요하지도 않은 아이템이니까요. 저보다는 현성 씨가 쓰는 게 좋을 겁니다."

"네. 현성 씨, 그렇게 해보시는 게 좋을 것 같습니다."

"아…… 네."

모두의 시선이 녀석에게 쏠린 것은 당연지사.

김현성도 굉장히 긴장한 표정으로 슬그머니 손을 뻗기 시작했다. 아마 녀석은 전설 등급의 아이템에 대한 정보를 많이 접했을지도 모른다.

이 저주를 내리는 검에 대해서도 당연히 잘 알고 있을 터.

어쩌면 전 회 차에 김현성이 사용하던 검이었을 수도 있고 어쩌면 가지고 싶었던 검이었을 수도 있다.

얼굴에 떠오른 것은 긴장하는 표정.

녀석이 이 검을 얻는 과정이 쉽지 않다는 것을 깨달을 수밖에 없었다.

김현성 역시 확신하지 못하는 것이다.

슬쩍 검 자루를 쥐는 순간 저주를 내리는 검의 주위에서 어두운 기운들이 쏟아지기 시작.

너무나도 순식간에 일어난 상황에 주변에 있던 원정대원들이 바깥으로 튕겨져 나갔다.

콰지지지지직!

그 모습을 본 김현성 역시 한숨을 쉬고 검을 놓아버린 것은 당연한 수순이었다. 한숨을 쉬고 아쉽다는 표정으로 슬쩍 시선을 돌리는 것이 보였다. 처음 보는 얼굴이다.

괜스레 심장이 쿡쿡 찔려왔다.

'씨······.'

"안 되는 것 같습니다. 이미 주인은 정해진 것 같군요."

"저는 딱히…….."

"아마 자아가 무척 강한 검일 겁니다. 조금 아쉽기는 하지만 어쩔 수 없는 것 같습니다. 사실 이 던전을 공략한 1등 공신이 기영 씨라고 할 수 있으니 받을 자격도 충분합니다. 저역시 마지막 싸움에서 기영 씨의 도움을 많이 받았으니까요. 솔직히 이야기하면 잠깐의 틈이 생기지 않았더라면 저도 어떻게 됐을지 장담할 수 없었을 겁니다."

"아뇨. 사용할 수 없는 걸 가진다고 해도……."

"기영 씨가 싫다고 해서 거부할 수 없는 일일 겁니다. 특히나 이 검은 말입니다. 잠깐 잡아본 이후에 곧바로 느낄 수 있었습니다. 이미 마음을 먹은 것 같더군요. 설사 다른 사람이 억지로 사용한다고 하더라도 목검과 다를 바 없을 겁니다. 그나마 기능을 살릴 수 있는 기영 씨가 사용하시는 게 맞다고 생각합니다."

"연금술사가 무슨 검을……."

다들 대놓고 아쉬운 표정을 지었다.

사실 내가 이 검을 사용한다는 건 돼지 목에 진주 목걸이를 다는 것이나 다름없다.

미약한 근력과 미약한 체력.

몇 번만 휘둘러도 헉헉거릴 것은 너무나도 자명한 일이다. 제발 이러지 말라고 말하고 싶지만 저주를 내리는 검은 내 의견을 완전히 묵살해 버렸다.

더 이상은 기다릴 수 없다는 듯이 검에서 나온 검은색 기운이 나를 옭아매기 시작한 것이다.

"어…… 어!"

내 팔이 내 의지와는 상관없이 들어 올려 진다.

"누가 좀…….

슬쩍 다른 사람들을 쳐다봤지만 너무나도 순식간에 벌어진 일. 미처 손을 쓰기도 전에 내 손이 정확히 검의 손잡이에 당도하자 익숙한 메시지가 떠올랐다.

[전설 등급의 아이템, 저주를 내리는 검 율리에나의 주인으로 인정받으셨습니다. 전설 무기의 사용자가 되신 걸 진심으로 축하드립니다.]

'시바…… 인정은 무슨. 받기는 뭘 받아. 내가 인정을 안 했는데.'

[저주를 내리는 검 율리에나─전설 등급]

[저주를 내리는 성녀 율리에나가 사용하던 애검이었습니다. 수만 년 전에 저주의 신 에이에스가 율리에나를 위해 내린 이 검은 아무리 세월이 지나도 바래지 않습니다. 상처를 입은 대상에게 즉

시 정신적인 대미지를 입히는 최상급 저주를 내립니다. 마력을 사용해 에이에스의 기운을 사용할 수 있게 됩니다. 오랫동안 기운에 노출된 대상 역시 저주에 걸리게 합니다. 마력을 대량으로 사용하여 광역 저주를 내릴 수 있게 됩니다. 소환과 역소환이 가능합니다.

율리에나가 목숨을 잃기 전 필사적으로 자신의 영혼을 봉인시켰습니다.

게드릭을 위하는 율리에나의 자아가 잠들어 있습니다. 검이 스스로 움직여 위협으로부터 주인을 보호합니다. 성장치가 낮아 아이템의 기능이 몇 가지가 봉인되어 있는 상태입니다. 마력이 15 올라갑니다. —게드릭, 사랑하는 나의 게드릭]

'시바…… 인정한다.'

속으로 쌍욕을 내뱉었던 것도 잠시, 슬쩍 검을 바라보자 뭔가 잘된 일이라는 것을 깨달을 수 있었다.

너무나도 어처구니없는 스펙에 당황스러워 입이 벌어질 정도. 지금까지 내가 봐 왔던 그 어떤 아이템과도 비교할 수 없는 능력치였다.

이곳에서 저주가 얼마나 커다란 힘을 발휘하는지는 이미 알게 되었다.

파란이라는 나름 실력 있는 클랜을 집어삼킬 뻔했다는 사실을 생각해 보면 저주를 거는 능력만으로도 충분히 전설 아이템으로 불릴 만하다.

물론 내 마력으로는 율리에나가 했던 것처럼은 불가능하겠지만 그래도 활용 가능성은 충분하다 못해 넘친다.

마력을 15나 올려주는 검의 능력치는 또 어떠한가.

그럼에도 마력 고자라는 사실은 변함이 없지만 그래도 한 줄기 희망을 발견한 기분이었다.

그 외에도 주목할 만한 점은 스스로 나를 보호해 준다는 것.

율리에나의 자아가 봉인되어 있기 때문에 새로 추가된 기능 같아 보였지만 사실은 가장 필요한 기능이라고 생각했다.

문제는…….

'율리에나.'

그 미친 여자가 다시 깨어났을 때 내가 어떻게 대처해야 하는지에 대한 것.

얼굴도 모르는 게드릭이라는 놈을 연기해야 될 생각에 머리가 지끈거렸다.

"주인 의식이 끝났군요."

조금은 허탈해 보이는 원정대의 목소리는 덤.

"이거…… 정말로 죄송합니다. 이렇게 될 줄은…….."

"아닙니다. 기영 씨가 하신 일들을 생각해 보면 받을 자격이 충분하십니다. 물론 연금술사로서 검을 사용한다는 게 조금 그렇기는 합니다만…… 앞으로는 훈련도 함께할 수 있겠군요?"

"네?"

"기왕 이렇게 된 거 조금이라도 검을 쓰는 방법을 배우는 것이 좋을 것 같습니다. 제가 기본기는 확실하게 잡아드리겠습니다."

'말에 뭔가 가시가 있는 것 같은데…….'

왠지 모르게 꽤나 불안해졌다.

'삐졌나?'

김현성이 삐진다는 건 사실 상상이 안 된다.

그렇지만 입꼬리 한쪽이 티 나게 내려가 있다.

김현성 역시 우리와 다를 바 없는 인간이라는 것을 깨달은 것 같아 괜스레 웃음이 나왔다.

살짝 주변을 바라보니 파티원들의 얼굴이 시야에 비쳤다.

뭔가 뿌듯해 하는 박덕구와 선희영, 정하얀의 표정은 조금은 미묘하다.

그래도 나쁜 느낌은 아니다.

타 파티의 경우에는 질투하는 듯했지만 나에게 모두 한 번씩 신세를 진 사람들이라 그런지 그래도 박수를 보내주는 분위기.

율리에나에 대해 설명해 주길 바라는 눈빛이라 입을 열 수밖에 없었다.

"그…… 검의 품질에 대해서는 사실 잘 모르겠지만 안에 있는 내부적인 기능이 상당히 좋습니다. 그…… 저주를 내리는 기능도 있고 심지어는 검이 저를 보호해 준다고 하더군요."

"네?"

조금은 놀란 것 같은 김현성.

1회 차에는 없었던 기능이었기 때문이리라.

1회 차에서도 게드릭인 척 연기한 미친놈이 있었다면 몰라도 단언컨대 없을 것이다.

"다른 분들은 읽을 수 없으신 모양이군요. 율리에나의 자아가 봉인되어 있다고 적혀 있습니다. 어떤 위협이 닥치면 검이 스스로 움직이는 것 같습니다. 물론 제 마력을 사용하는 것 같아 조금 찜찜하기는 하지만 아마도 그…… 제가 게드릭이라고 생각해서 그런 것 같습니다."

"아, 그렇군요."

'게드릭이 돼야 해.'

최소한 자기 검에 목이 꿰뚫리지 않기 위해서라도 게드릭이 되어야 한다고 생각했다. 만약에 내가 게드릭이 아니라는 걸 들킨다면 문제가 꽤나 커질 것이다.

일단 당장은 싸움의 여파로 율리에나가 잠들어 있다는 희소식. 얻은 것은 많지만 분명히 머리가 아파오는 부분도 있었다.

조금 다행이라고 생각했던 것은 김현성이 생각보다 허탈해하지 않았다는 것.

심지어 자동으로 움직여 준다는 소리에는 희미하게 고개를 끄덕여 주고 있었다.

'쓸모 있을 거라고 판단한 건가?'

아마도 그럴 것이다.

일단은 본인이 사용하는 게 베스트라고 생각했겠지만 기왕 이렇게 된 거 어쩔 수 없다고 받아들인 모양.

한쪽 입꼬리가 추욱 내려간 것 빼고는 괜찮아 보인다.

어떻게 생각해 보면 이 저주를 내리는 대검 율리에나는 김현성이 알고 있을 수많은 전설 등급의 아이템 중에 하나였을 것이다.

내가 판단하기에는 뭐 하지만 김현성의 성향과 이 검은 그다지 궁합이 좋다고는 볼 수 없다.

굳이 다른 주인을 찾는다면…….

'정진호?'

이전에 튜토리얼 던전에서 만났던 그 미치광이 살인마와 조금 더 잘 어울린다고 할 수 있으리라.

"일단은 축하드립니다, 기영 씨."

"네. 감사합니다."

"조금 일이 꼬였지만 현성 씨가 납득하신다면…….”

"네. 납득하고 있습니다. 이상희 님. 아쉽지만 어쩔 수 없는 문제 같습니다."

"이미 저희의 인정이 필요한 상태가 아니지만 일단 전설 등급의 아이템. 저주를 내리는 검의 소유권을 인정하도록 하겠습니다. 그럼. 이곳에서의 일도 어느 정도 마무리된 것 같으니 제가 말해드린 일을 마친 이후에 곧바로 린델로 향할 수 있도록 하겠습니다. 집으로 돌아갑시다."

"네.

던전 공략으로 얻은 것들이 무척 많다.

물론 파란은 원정 실패로 인해 전력이 대폭 하락했다. 잔인하게 생각할 수도 있겠지만 장기적으로 본다면 결코 나쁜 상황은 아니다.

이상희의 입지는 줄어들었고 김현성과 나의 내부 평가는 상대적으로 많이 올라갔다.

앞으로 이상희가 어떤 선택을 할지는 모르겠지만 부길드마스터라는 자리에 부담감을 느끼고 있는 것을 보면 아마 스스로 자리에서 내려올 수도 있다고 생각했다.

파란을 김현성과 내 입맛에 맞게 바꿀 수 있다는 것.

그것 하나만으로도 이번원정의 가치는 충분하다고 말할 수 있으리라.

'하얀이의 상태도 많이 나아졌고.'

모두가 이번 원정으로 계단 하나를 오른 기분이다.

물론 아직까지 해결해야 될 문제는 남아 있다.

성장을 멈춘 박덕구와 이지혜에게 맡겨놓은 일.

아직 완벽하게 뒷정리가 되지 않았다는 느낌은 분명히 있다. 그렇지만 내 손에 들어온 무기 덕분인지 나도 모르게 입꼬리가 올라갔다.

녀석을 꺼내 놓는 것은 문제되리라. 살며시 마력을 보내며 속으로 중얼거렸다.

'역소환.'

[저주를 내리는 검이 역소환을 거부합니다.]

"……."

'역소환.'

[저주를 내리는 검이 역소환을 거부합니다.]

'돌아가.'

[저주를 내리는 검이 역소환을 강력하게 거부합니다.]

'시바! 돌아가!'

[저주를 내리는 검이 역소환을 강력하게 거부합니다. 저주를 내리는 검이 함께 있고 싶어 합니다. 저주를 내리는 검이 사랑한다고 이야기합니다. 저주를 내리는 검이 함께하자고 이야기합니다. 저주를 내리는 검이 화를 냅니다.]

"돌아가라고! 제발!"

분명히 만족스러운 원정이었다.

"기영 씨, 거기에는 무슨 내용이 적혀 있나요?"

"아, 희영 씨. 게드릭과 율리에나의 관한 이야기입니다. 아무래도 끄응. 이 검 때문에라도 알아야 할 것 같아서 말입니다."

"아아. 안쪽에 있는 방 안에서 발견하신 책을 말씀하기는 건가요?"

"네 그렇습니다. 읽다 보니까 생각보다 볼만하더군요. 전설 같은 이야기인 것 같기도 하고요. 음······. 아무튼 흥미롭습니다."

"재미있겠네요. 혹시 어떤 내용인지 말씀해 주실 수 있나요?"

무척이나 궁금해하는 선희영의 표정이 시야에 비쳤다.

린델을 향해 발걸음을 옮기는 도중에도 이쪽을 기웃거리는 것을 보니 정말로 궁금하기는 한 모양.

사실 봉사활동을 함께 나가는 것 이외에는 그동안 이렇다 할 접점이 없었던 터라 이야기를 나누는 것도 나쁘지 않다고 생각했다.

옆에서 내 팔을 꼭 잡고 있는 정하얀 역시 선희영에게 경계의 눈빛을 보내는 것도 잠시, 내가 이야기를 해주는 것을 바라는 눈치다.

지속된 행군이 지루했던 것이 틀림없으리라.

'긴 이야기는 아니니까.'

목적지에 도착하는 길에 즐길 수 있는 이야기로는 나쁘지 않다고 생각했다.

"이야기의 시작은 정확히 만 년 전입니다."

"만 년이요?"

"네. 우리가 자리해 있는 신성제국 베니고어가 생겨나기도 전의 이야기입니다. 처참한 전투가 계속되었다고 기술되어 있습니다. 저주의 신을 숭상하는 신도와 축복의 신을 따르는 신도를 중심으로 일어난 종교 전쟁이었다고 합니다."

"아아아……."

"들어본 적이 있으십니까?"

"네. 지금의 신성제국이 있는 것은 그때의 종교전쟁이 있었기 때문이니까요. 흥미로운 이야기네요."

"네. 그 당시에 율리에나는 저주의 신을 모시는 성녀였고 게드릭은 축복의 신을 모시는 성자였다고 하더군요. 둘은 직접적으로 부딪치지는 않았지만 서로의 대한 이야기를 들으며 전선에 섰다고 합니다. 실제로 둘이 전선에서 부딪친 것도 전쟁이 시작되고 15년이 흐른 뒤라고 적혀 있습니다. 아무튼 간에 거의 모든 병력이 부딪친 큰 전투가 벌어지게 됩니다."

"베르만 절벽 전투."

"알고 계십니까?"

"신전에 몸을 담고 있는 자라면 대부분 배우죠. 물론, 율리에나나 게드릭이라는 사람에 대한 이야기는 듣지 못했지만요. 만약 기영 씨가 가지고 있는 책이 거짓이 아니라면 새로운 역사의 한 페이지를 장식할 수 있게 되는 거네요."

"신성제국에서 어떻게 반응해야 할지는 모르겠지만…… 운이 좋다면 그렇게 될 수도 있겠군요. 하하. 아무튼 수많은 신도들이 목숨을 잃었고 게드릭과 율리에나 역시 최후의 최후까지 싸우다 절벽에 떨어지는 것으로 그날의 전투는 마무리됐다고 합니다."

"그래서 어떻게 됐나요?"

"사실 이때의 기록은 책에는 기술되어 있지 않습니다. 다만 율리에나와 게드릭이 정확히 1년 뒤에 각자의 신전으로 돌아와 있다고만 되어 있죠. 물론 율리에나의 일기에는 아주 정확하게 적혀 있기는 합니다만 말하기 민망한 내용이 많아 정확히 설명해 드리기가 부끄럽군요."

대충 무슨 일이 있었는지 예상하고 있을 것이다.

게드릭과 율리에나는 떨어진 절벽의 동굴에서 1년 가까이 함께 생존하고 결국에는 서로에게 호감을 가지게 된다.

동굴 안에서 있었던 내용을 대충 설명하자 고개를 끄덕이는 이들이 보였다.

물론 엄한 내용은 빼고 흥미로운 이야기를 하고 있는 것으로 보였는지 연애 박사 박덕구도 슬그머니 이쪽으로 자리를 옮기는 것이 시야에 비쳤다.

"그때부터 율리에나와 게드릭이 만나기 시작했던 것 같습니다. 마침 전쟁 역시 소강상태로 들어가고 있었기 때문에 만날 수 있는 기회가 많아졌죠. 베르만 절벽 전투에서 양측의 피해가 무척이나 컸으니까요. 당연히 두 신은 처음에는 이 둘을 떼어놓으려고 했지만 이미 서로를 열렬히 사랑한 둘은 아무것도 보이지 않았나 봅니다."

"어째서 이런 꼴이 된 건지 이해가 되네요."

"네. 당연하게도 둘은 서로의 신에게 분노를 사게 됩니다. 그런 상황에서 게드릭은 축복신의 신전 안에 작은 신단을 만들었는데…… 그곳이 바로 저희가 다녀왔던 던전, 저주받은 신단입니다. 둘은 이곳에서 사랑을 키웠고 결과적으로는 분노를 사게 되어 이 신단에 묶여 버렸죠."

"아……."

저주의 신은 율리에나에게 이 저주받은 신단의 작은 방을 빠져나갈 수 없는 저주를 내렸고, 축복의 신은 게드릭에게 율리에나를 영원히 그릴 수 있는 축복을 내렸다.

이 저주받은 신단을 계속해서 떠돌아다니며 율리에나를 찾아 헤매야 하는 상태로 만들어 버린 것이다.

물론 축복의 신은 게드릭이 율리에나를 찾아내는 것을 허락하지 않았다.

"불쌍해요."

정하얀의 말에 선희영이 고개를 끄덕이며 말을 이었다.

"저주를 받는 게 당연할 거예요. 신전 지하에 다른 신을 모시는 신단을 세운다는 건…… 정말로 이해하기 힘든 발상이네요. 아마 저주받은 신단 밖에 있는 언데드도 축복의 신이 내린 저주의 영향이겠죠."

"게드릭의 일기에는 축복의 신이 영생을 살아가는 축복을 내렸다고 했었지만 이들의 입장에서는 사실 저주나 다름없었을 겁니다. 이야기는 여기서 끝입니다. 율리에나는 찾아오지 못할 게드릭을 영원히 기다리게 됐고, 게드릭은 찾을 수 없는 율리에나를 영원히 찾아 헤매게 됐다는 이야기로 말입니다."

무거운 이야기는 아니다.

그렇지만 정하얀에게는 무척이나 감동적인 이야기였는지 벌써부터 훌쩍거리는 것이 보였다.

"스, 슬퍼요. 영원히 찾아오지 않을 사람을 기다렸다고 하니……."

살짝 머리를 쓰다듬어 준 건 당연지사. 이때가 기회라는 듯 내 품에 푹 안긴다.

"그럼 그때 왼쪽 방에서 발견된 언데드가 게드릭이라는 소리요? 형님?"

"응. 맞다."

혹시 모를 생존자를 수색하는 과정에 발견한 것이 게드릭과 언데드 무리.

율리에나가 쓰러진 영향인지 쓰러져 더 이상 움직이지 못하던 이들이었지만 우리가 발견한 언데드의 정체가 무엇인지는 오래지 않아 알 수 있었다.

녀석의 품에서 흥미로운 아이템 하나를 발견할 수 있었기 때문이다.

[게드릭의 청혼 반지-영웅 등급]
[율리에나의 저주에 저항할 수 있습니다.]

슬쩍 내 손에 들려 있는 아이템을 바라보니 이 던전의 본래 공략 방법을 대충 알 것 같은 느낌.

더불어 김현성이 왜 그렇게 밤만 되면 싸돌아다녔는지, 또 이곳에서 전 파티가 봤다는 언데드의 정체가 무엇이었는지에 대해서도 말이다.

아마도 일반적으로 저주받은 신단을 공략하는 방법은 이곳을 떠돌아다니는 게드릭을 발견하는 것이 먼저였을 것이다.

쉽게 말하면 랜덤으로 리스폰 되는 게드릭이라는 몬스터를 먼저 잡아낸 이후에야 비로소 저주에 저항할 수 있는 힘을 얻게 되는 것이다.

영웅 등급 이상의 판정을 받아도 될 정도로 까다로운 공략 방법이라고 할 수 있으리라.

이 신단은 넓다.

아무리 돌아다녀도 게드릭을 발견하지 못할 수도 있다는 것을 생각해 보면 공략 방법이 거의 없는 것과 같다.

말 그대로 율리에나의 저주에 노출되어 서서히 죽어가는 수밖에 없다.

우리 파티 같은 경우에는 게드릭을 발견한 것보다 먼저 저주에 저항할 수 있는 방법을 알아낸 것. 시간이 조금 더 지났다면 김현성이 게드릭을 찾아낼 수도 있었겠지만 일단은 나쁘지 않은 결과였다.

"사랑이라는 건 확실히 무섭네요."

"네."

그 누구보다도 공감할 수 있다.

내 품에 안겨 있는 정하얀만 봐도 답이 나온다. 아무튼 간에 일단은 게드릭에 대한 정보를 모조리 모을 수밖에 없는 상황.

지금 당장은 율리에나의 자아가 검 안에서 잠들어 있지만 언제 깨어날지 모르는 만큼 대비할 수 있는 건 모두 해둬야 한다.

"그런데 여기 들어온 지도 좀 된 것 같은데 그 지원군이니 뭐니 데려온다고 하던 양반들은 코빼기도 안 보이는 것 같소."

"누구?"

"그, 이설호 그 할배 말이요."

"아아아. 아마도 아직 붉은 용병이 돌아오지 않은 탓도 있고 여러 가지 문제가 겹쳤겠지. 사실 우리가 던전 공략을 생각보다 빨리 끝냈으니까."

"아무리 그래도 다른 사람들이라도 데려와야 되는 거 아니요? 형님이나 김현성 형씨가 있어서 다행이었지 만약에 아니었으면 아마 우리도 그 곳에서 죽었을 수도 있었소."

"뭔가 사정이 있었을 거다."

'그래. 사정은 개뿔…….'

아마 우리가 이곳에서 죽기를 바랐을 것이다. 그게 녀석들에게 조금 더 유리할 테니까.

시기상 조금 애매하다고 할 수 있지만 이상희는 이설호를 비롯한 구태세력에게 어쩔 수 없는 사정이 있다고 여기는 것 같았다.

"형님은 너무 착해서 탈이오."

고개를 끄덕이는 박덕구와 정하얀.

그렇지만 선희영의 표정은 별로 좋아보이지는 않았다.

'마음에 들지 않는 거겠지.'

이설호를 비롯한 늙은이들은 빈민가에 있는 부랑자들과 별다른 차이가 없다. 쓸모없고, 스스로 움직이려고 하지 않는다. 자신이 앉아 있는 자리에 눌러앉을 생각만 하며 어떻게든 아득바득 이득을 꾀하려고 한다.

저번에도 한 번 말한 적 있지만 부랑자들과의 차이는 조금 더 운이 좋았다는 것뿐.

사회의 암 덩어리, 이설호는 그녀에게 그 이상도 그 이하도 아니리라.

'지혜는 잘하고 있을까.'

이지혜에게 시켰던 일도 갑작스레 떠오르기 시작.

그녀라면 내가 시킨 일을 거의 완벽하게 마무리 지어놨겠지만 우리가 나오는 타이밍이 생각보다 빨라 일을 끝내지 못했을 가능성도 있었다.

그때 멀리서 누가 뛰어왔다.

'박가현?'

시야에 비치는 인형은 틀림없이 이상희가 우리보다 한발 앞서 길드로 보냈던 박가현이다.

헐레벌떡 뛰어오는 모습에 무슨 일이 생겼다는 것을 직감한 건 당연지사. 어떤 소식을 들고 왔을지 기대가 되기는 했지만 한편으로는 조금 불안하다.

좋은 소식을 전하려고 온 것치고는 무척 정신없어 보였으니 말이다.

　이윽고 이상희 앞에 당도한 그녀가 거친 숨을 몰아쉬며 입을 열었다.

　"하아. 하아. 부길드마스터."

　"소식은 전했나요? 어째서 혼자…….."

　"일단은 시키신 대로 전부 마무리 지었습니다. 저, 전해야만 하는 소식이 생겨서…… 어쩔 수 없이 먼저…….."

　"진정하시고 말씀해 주세요."

　뭔가 눈치를 보는 느낌.

　이곳에서 말해도 되는지에 대해서 고민하고 있는 것 같았지만 결국 결심한 모양이다. 얼마 지나지 않아 귓가로 그녀의 목소리가 꽂혀 들어왔다.

　"……길드마스터가 돌아가셨습니다."

　"네?"

　"……돌아가셨습니다."

　"그게 무슨. 분명히 저주가 풀리셨을 텐데…….."

　"돌아가신 건 정확히 3일 전이라고 들었습니다. 주무시는 동안 조용히 숨을 거두셨다고…… 이, 일단은 이상희 님께 알리는 게 먼저라고 생각해서…….."

　"……."

입을 꽉 다물고 있는 이상희의 모습이 눈에 들어왔다.

눈물을 쏟고 있는 박가현 역시 마찬가지.

나는 파란의 마스터를 본 적이 없지만 인성이 그리 나쁘지는 않았던 모양.

대충 봐도 분위기가 내려앉은 것이 눈에 보일 정도였다.

사실 우리 파티에게 나쁜 상황은 아니다. 길드마스터가 없다면 우리가 실권을 쥐는 게 더욱더 쉬워질 테니까.

그렇지만.

'이렇게 갑자기?'

확실히 이상한 타이밍이라고 할 수 있는 상황. 단순한 자연사라고 하기에는 늙은이들에게 무척이나 유리한 타이밍이다. 물론 이 정도로 저주에 장시간 노출되어 있었다고 한다면 위험할 수도 있겠지만, 왠지 모르게……

'이설호인가?'

단순한 추측일 뿐이지만 영 설득력이 없는 가설은 아니리라.

"일단은 서둘러 길드로……. 모두 힘드시겠지만 행군 속도를 올리도록 하겠습니다."

"네."

당연히 바라던 바.

그렇게 원정대는 조금은 무거워진 분위기 속에서 천천히

길을 걷기 시작했다.

의외의 소식 때문인지 이상희는 입을 꾹 다문 채 원정대를 이끌었고 다른 파티원들 역시 이상희를 위로하며 묵묵하게 발걸음을 옮겼다.

이후 눈에 들어온 자유 도시 린델.

물론 린델에 당도하기 전 마중 나온 늙은이들과 이지혜가 같이 있었다. 검은 백조의 몇몇도 함께 있는 것을 보니 아무래도 이곳으로 향하고 있다는 액션 정도는 취하고 싶었던 모양이다.

어처구니가 없어 실소가 나올 정도였다.

"무사생환을 축하드립니다, 이상희 님. 마침 출발하려던 차였는데……."

"그것보다 설호 씨, 마스터는 어떻게 됐습니까? 정말로 돌아가신…… 겁니까?"

"네. 편안하게 숨을 거두셨습니다."

"시, 시신은 어디에 있죠?"

"일단은 길드 지하에 모셨습니다. 안 그래도 장례를 어떻게 해야 할지 고민하고 있던 도중이었습니다. 3일 전에 갑자기……."

"아……."

저들의 이야기는 이미 관심 밖이다.

이야기를 나누는 이설호와 이상희의 뒤로 이지혜를 바라보고 손가락으로 툭툭 머리를 두드리자 마찬가지로 미소를 지으며 다리를 툭툭 건드리는 모습이 보였다.

'그럼 그렇지.'

조금 더 자세한 이야기를 들어봐야 할 것 같았다.

길드 하우스에 막 도착한 원정대가 서둘러 짐을 풀고 지하로 내려갔다. 길드마스터의 시신을 확인하는 게 먼저라고 생각한 것이다.

잠깐 고민했지만 나 역시 내려가는 것이 맞다. 이지혜와 바로 대화를 나누고 싶었지만 길드의 내부적인 상황을 살핀 이후라도 늦지 않으리라.

살짝 이지혜를 바라보며 고개를 끄덕이자 그녀 역시 고개를 끄덕이는 것이 보였다.

굳이 말로 하지 않아도 이쪽이 무슨 생각을 하는지 잘 알고 있는 모양. 나도 대충 이지혜가 무슨 생각을 하고 있는지 예상이 된다.

'천생연분?'

아마도 시스템이 말한 영혼의 단짝이라는 말은 이걸 뜻하는 걸지도 모른다고 생각했다.

'대화가 잘 통하기도 하고.'

생각하는 패턴이 굉장히 비슷했으니까.

실제로 그녀를 파란으로 불러들이지 않은 건 내가 한 실수 중 최악의 실수였다. 조금 더 곁에 두고 써먹었어야 했다.

'쩝.'

물론 지금의 포지션도 나쁘다고는 할 수는 없지만 말이다.

"……."

아무튼 간에 길드의 외부인이라고 할 수 있는 이지혜와는 여기에서 잠깐 작별.

슬쩍 인사를 해오는 이지혜를 지나친 뒤 길드 하우스의 지하로 내려가니 무척이나 깔끔하게 정리되어 있는 공간이 보였다.

하얀 꽃이 가득 차 있는 공간에 한 남자가 관 안에 누워 있다. 조금은 나이가 들어보였고 얼굴에 있는 수많은 상처로 그가 어떤 사람이었는지 짐작할 수 있었다.

턱을 뒤덮은 수염과 희끗희끗한 머리.

'40대?'

어쩌면 50대로 볼 수도 있으리라.

마력의 영향으로 노화가 느렸기 때문에 정확한 나이는 가늠할 수 없지만 대충 보기에도 연배가 많아 보인다.

무척이나 편안하게 눈을 감은 모습. 아니나 다를까 곳곳에서 울음소리가 들려왔다.

"흐으으윽."

"마스터……."

"흐으윽. 아저씨, 아저씨. 끝까지 살아주신다고 말씀하셨잖아요. 아저씨! 흐으으윽."

나는 공감할 수 없는 슬픔이다.

조용히 바라보기만 하고 있는 나는 어느새 주변을 가득 메운 눈물을 통해 그들이 얼마나 슬퍼하는지 알 수 있었다.

'아저씨?'

그중에서도 가장 격한 반응을 보이는 사람은 이상희였다.

이곳으로 들어오기 전에는 평정심을 유지하고 있는 것처럼 보였지만 들어온 이후에는 자신을 컨트롤하지 못했다.

둘 사이에 무슨 일이 있었는지는 알 수 없었지만 보통 인연이 아니라는 것은 확실하다.

이미 죽어 있는 시신을 끌어 앉고 오열하는 모습은 가족이 죽었을 때의 반응과 비슷해 보였다.

'혹은 연인이라든가.'

나이 차를 생각해 보면 설득력 있는 이야기는 아니지만 정말로 사랑하는 사람이 죽은 것 같은 반응이다.

혼자 있게 해주는 것이 좋을 거라고 생각하는 것이 당연하리라.

5번대의 몇몇이 조용히 위로 자리를 옮기는 것이 보였다.

우리 7번대 역시 마찬가지다.

김현성 같은 경우에는 이상희를 위로해 주고 싶은지 여전히 옆자리를 지키고 있지만 눈물바다가 된 상황에서 함께 눈물을 흘리고 있는 박덕구나 조용히 고새를 숙이고 있는 김예리도 위로 올라가는 것이 보인다.

"편안한 곳으로 가셨을 겁니다."

선희영이 시신을 향해 신성력을 밀어 넣고 고인에 대한 예의를 갖춘 뒤 위로 향하기 시작했다.

나 역시 마찬가지.

내 팔을 꼭 붙잡고 있는 정하얀과 함께 위층으로 몸을 옮겼다.

"하얀아."

"네? 오빠?"

"혹시 이상한 거…… 느끼지 못했지?"

"어떤 걸 말씀하시는 거예요?"

"마력의 흐름이라든가 아니면 시신에서 보이는 흔적 같은 것들. 나는 마력에 민감하지 않으니까 혹시나 하고 물어본 거야."

"아…… 네. 이상한 건 발견하지 못했어요. 뭘 알아내려면 조금 더 자세히 봐야 될 것 같은데. 아무래도 멀리서 잠깐 본 게 전부라서요."

"으음."

죄책감이 느껴지는 얼굴.

천천히 머리를 쓰다듬자 그제야 기분이 좋아진 듯 콧노래를 흥얼거린다.

괜스레 생각이 복잡해졌다.

정하얀은 마력에 민감하다.

지금 가지고 있는 마력 능력치와는 관계없이 잠재 능력이 전설 이상이기 때문에 가질 수 있는 능력이다.

그런 정하얀이 아주 작은 마력의 유동이나 대상에게 남아 있는 잔존 마력을 눈치채지 못한다는 것은 적어도 길드마스터의 죽음이 마법으로 인한 타살은 아니라는 이야기가 된다.

'끄응.'

위층으로 올라가자 모여 있는 5번대원들이 시야에 비쳤다.

길드 주점에 각자 자리를 잡고 있는 모습. 황정연을 중심으로 몰려 있는 이들에게 다가가 살짝 운을 띄우자 이쪽을 반기는 이들이 보였다. 던전에서의 성과라면 성과라고 할 수 있는 부분이었다.

"아, 기영 씨."

"네. 상심이 크시겠습니다."

"아니요. 저희도 그렇지만 아마 이상희 님에 비한다면……."

"두 분이 무척 사이가 좋으셨던 모양이군요."

"네. 무척이나 상심이 크실 겁니다. 튜토리얼 때부터 함께

하셨다고 했으니……."

"튜토리얼 때부터 말씀이십니까?"

"네. 그러고 보니 7번대 여러분은 잘 모르시겠군요. 파란 길
드는 이상희 님과 길드마스터인 주승준 님이 만드신 길드입
니다. 튜토리얼부터 함께한 두 분이 린델에 들어오신 이후에
처음 자리를 잡으셨죠. 그때 당시에 이상희 님이 성인이 아니
라고 하셨으니 무척 오래된 일일 겁니다. 햇수로 따지면 15년
정도."

지금 이상희의 나이가 33살인 걸 생각해 보면 당시 이상희
의 나이가 18살이라는 소리가 된다. 이계인들이 이곳에 처음
들어온 게 20년 전 정도라는 것을 생각해 보면 거의 초기 멤
버라고 봐도 되리라.

"오래됐군요."

"네. 저희도 파란에 들어온 지는 오래 되지 않기 때문에 자
세한 사정은 모르지만 이상희 님께서는 마스터를 아버지처럼
따르셨습니다. 실제로 마스터께서 저주에 걸리셨을 때는 직
접 던전으로 들어가시려 했으니까요."

"아……."

"항상 함께 움직이셨던 걸로 기억합니다. 처음 길드를 세우
셨을 때도, 처음 사냥을 나가셨을 때도 말입니다. 절대로 이
상희 님을 비하하는 건 아니지만 아마 마스터가 없으셨다면

지금의 이상희 님은 없을 겁니다."

살짝 고개를 돌려 황정연을 바라보니 고개를 끄덕이는 게
보였다.

"저도 조금은 쓸쓸하네요. 이상희 님 만큼은 아니지만 저도
파란에 꽤나 오래 있었거든요. 주승준 님은……."

"네."

"훌륭한 분이셨어요. 남들을 위해 희생할 줄 아시고 무엇보
다 저희를 많이 아끼셨죠. 굳이 길드의 규모를 늘리지 않으신
것도 너무 규모가 커지면 길드원 한 명, 한 명에게 신경 쓰기
어렵다는 이유였고요. 실제로 모든 길드원이 승준 님을 좋아
했으니까요. 5번대 같은 경우에는 아저씨만 보고 이곳으로 이
적할 정도였다니까요. 물론…… 지금은 없지만."

"……."

"그래도 사람과 헤어지는 게 익숙해졌다고 생각했는데 영
적응되지가 않네요."

주승준이라는 사람에 대해서는 모르지만 이 사람의 인성이
무척이나 좋았다는 것을 알 수 있었다.

뿐만이 아니다.

"강하셨죠."

'유능해.'

무척이나 유능한 사람이었다.

안 그래도 파란의 상태에 대해서는 어느 정도 의구심을 느끼고 있었던 상황.

이상희는 강하지만 이상적인 리더가 아니다. 인품이 좋다고는 하지만 겨우 그것만 가지고는 하나의 집단을 이끌어갈 수 없다.

파란은 주승준을 중심으로 돌아가고 있었던 중앙 집권 체제의 길드였다.

머리가 없으니 몸이 흔들리는 것은 너무나도 당연한 일.

이설호 같은 구태세력이 날뛰는 것도 무리가 아니라고 생각했다.

"이설호도 처음부터 함께한 사람입니까?"

"네."

'역시.'

"설호 씨 역시 튜토리얼부터 함께하셨다고 들었어요. 전투 요원으로서 많이 활약하셨고 파란이 자리 잡는 데 많이 기여하셨죠. 물론, 마스터와는 사사건건 부딪쳤지만 그래도 두 분 사이는 좋으셨다고 알고 있어요. 이상희 님과도 마찬가지고요. 물론 요즘은 그렇지 않지만……."

"아…… 그렇군요. 무척 신뢰하셨겠습니다."

"네. 보시는 것처럼……. 아마 설호 씨도 가슴 아플 거예요."

"글쎄요. 정말 아플지는……."

"네?"

"아무것도 아닙니다."

탁자를 툭툭 두드리자 조금은 긴장한 표정의 황정연이 시야에 비쳤다.

"저, 여러분은 잠깐 위로 올라가 주시겠어요? 저는 기영 씨랑 좀 더 이야기⋯⋯."

"물론입니다, 황정연 님. 편하게 나누시죠."

아무래도 묻고 싶은 이야기가 많은 모양이다.

슬쩍 정하얀을 바라보자 자신도 올라가야 하냐는 듯 애처로운 표정으로 나를 바라본다. 살짝 고개를 저으니 곧바로 얼굴이 환해진다.

"방금 무슨 이야기를 하신 건가요? 기영 씨."

"아뇨. 그냥⋯⋯ 타살에 대한 가능성을 접어두고 계신 것 같아서 말입니다."

"타살이요?"

"네. 물론 단순한 망상입니다."

"⋯⋯."

"정연 씨도 저랑 비슷한 생각인 줄 알았는데 아니었군요."

"아뇨. 사실은 저도 마찬가지예요. 그런 가능성을 배제한 건 아니지만 주승준 님의 시신을 보고서는⋯⋯."

"아무것도 발견할 수 없었다는 건가요?"

"네."

"저도 그렇습니다. 대충 보기에는 외상도 없고 그 어떤 마력의 흔적도 발견할 수 없었습니다. 맞지, 하얀아?"

"네, 오빠."

"그렇지만 이 대륙에서 사람을 죽이는 방법이 꼭 마법만 있는 게 아니지 않습니까. 가능성 정도는 열어두는 게 맞는 것 같습니다. 살인 동기라고 할 만한 것은 없지만 길드마스터와 저희가 함께 없어지면 이득을 볼 만한 사람이 몇 명 있지 않습니까. 아, 이것도 동기라고 할 수 있군요."

"네. 확실히 맞는 말이에요."

"뭐가 됐든 시신을 조사하면 분명히 나오는 게 있을 겁니다. 정연 씨가 이상희 님을 설득하시는 게……."

"네. 당연히 말씀을 드리기는 하겠지만……."

"빠르면 빠를수록 좋을 겁니다. 만일 마법과 관련한 일이었다면, 혹시나 저희가 발견하지 못했던 잔존 마력이 전부 날아갈지도 모르니까요. 저희가 조금만 더 늦었다면 시신을 확인할 시간도 없었을 겁니다. 아마 살인자들이 장례를 서둘렀을지도 모르죠. 그렇게 되기 전에 도착할 수 있게 돼서 정말로 다행입니다."

"네."

"혹시 다른 것을 발견할지도 모르니 부검에는 저와 선희영 씨도 함께 들어가는 게 좋겠군요. 연금술이나 신성력이 사용됐을지도 모르고…… 아무튼 모든 가능성을 열어봐야 할 것 같습니다."

"후우. 조금 심정이 복잡하네요."

"네?"

"같은 길드원이었던 사람을 의심해야 한다는 게 말이에요. 이상희 님도…… 마찬가지시겠죠?"

아마 황정연보다 더하면 더했지 덜하진 않을 것이다.

이설호 그 늙은이와 튜토리얼 때부터 생사고락을 함께했다면 문제가 더 복잡해진다.

'그럴 리가 없어.'

그렇게 자위한 시점에서부터 상황은 마무리.

의심하고 싶지 않은 상황이 찾아오는 것이다.

우습게도 상황을 가장 객관적으로 볼 수 있는 것은 타인에 가까운 나. 가끔은 안에서 보는 것보다 밖에서 보는 게 훨씬 잘 보이는 법이다.

계속해서 테이블을 두드리며 머리를 굴리고 있었던 바로 그때였다.

"무슨 이야기를 나누십니까?"

매우 불쾌한 목소리였다.

슬쩍 고개를 돌리니 보기 싫은 상판대기가 시야에 비쳤다.

"글쎄요."

이설호와 그를 따르는 똘마니들이었다.

to be continued